你在不怨的世界里，成了更好的自己

奶茶熙 著

北京时代华文书局

图书在版编目（CIP）数据

你在不怨的世界里，成了更好的自己 / 奶茶熙著. -- 北京：北京时代华文书局，2017.7
ISBN 978-7-5699-1618-8

Ⅰ．①你… Ⅱ．①奶… Ⅲ．①故事－作品集－中国－当代 Ⅳ．① I247.81

中国版本图书馆CIP数据核字（2017）第120429号

你在不怨的世界里，成了更好的自己
Nizai Buyuande Shijieli,Chengle Genghaode Ziji

作　　　者	奶茶熙
出 版 人	王训海
统筹监制	余　玲
选题策划	田晓辰
责任编辑	曾　丽　田晓辰
装帧设计	新艺书文化　段文辉
责任印制	刘　银　范玉洁
出版发行	北京时代华文书局 http://www.bjsdsj.com.cn
	北京市东城区安定门外大街136号皇城国际大厦A座8楼
	邮编：100011　电话：010-64267955　64267677
印　　　刷	北京京都六环印刷厂　010-89591957
	（如发现印装质量问题，请与印刷厂联系调换）
开　　　本	880mm×1230mm　1/32　印　张｜8　字　数｜193千字
版　　　次	2017年8月第1版　印　次｜2017年8月第1次印刷
书　　　号	ISBN 978-7-5699-1618-8
定　　　价	39.80元

版权所有，侵权必究

理直气壮地一往情深，你明了就好。

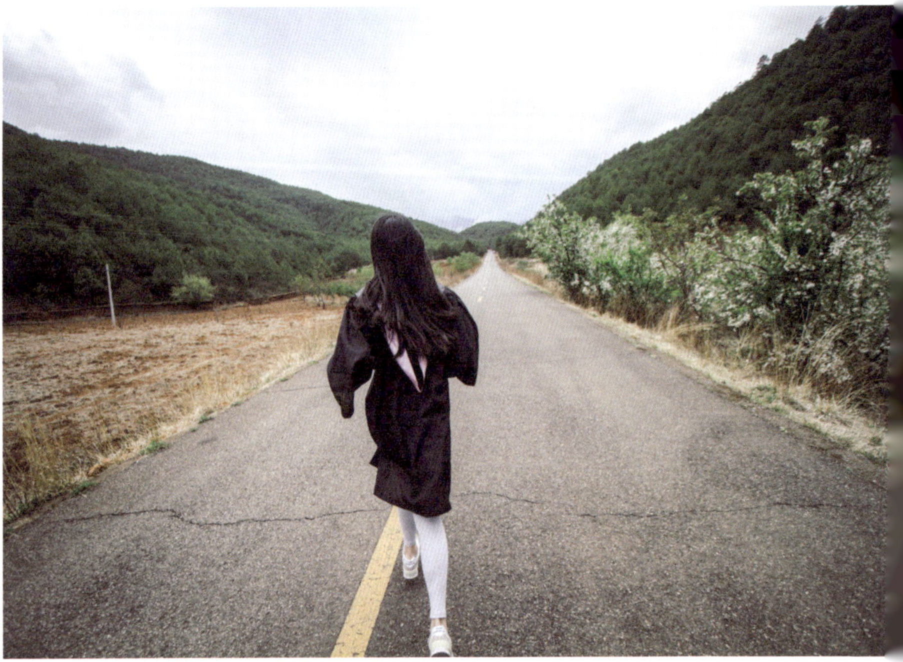

海的尽头，路的尽头，城市的尽头，这世界的尽头有很多。
而我们的心，不要有尽头。

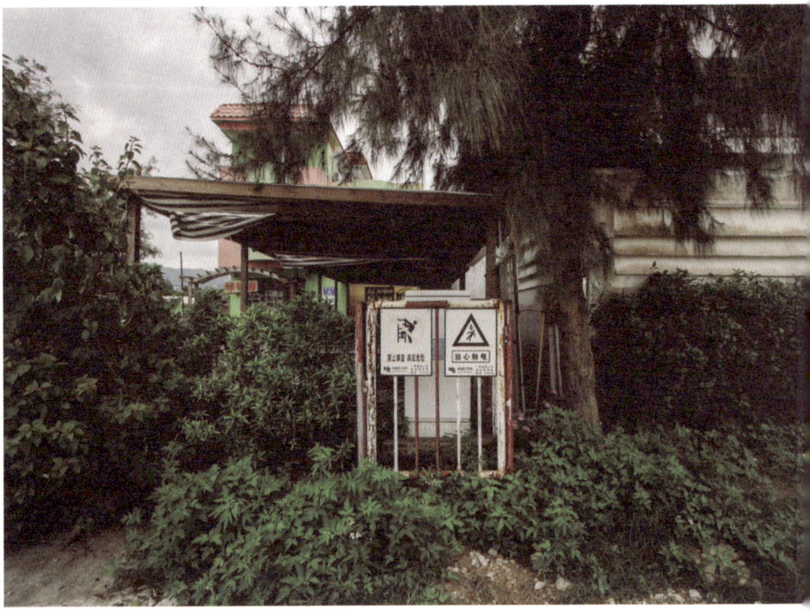

我喜欢的事,都很慢,不能着急,不能被催促,不用赶时间,无须遵循计划。

心无挂碍才是最好的状态。

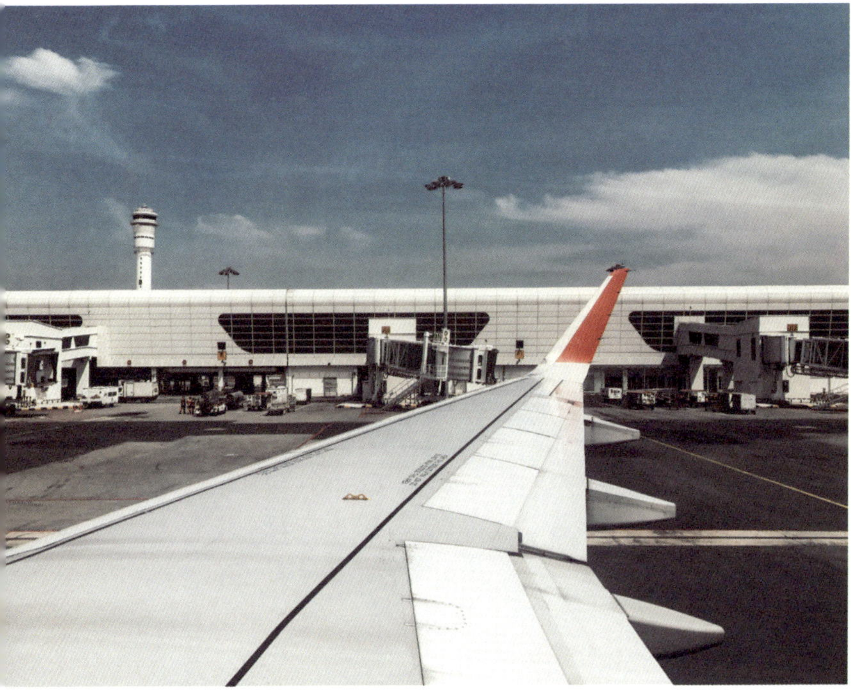

究竟需要多少耐心，才能不让人与人之间的感情消耗殆尽？

差点忘了，最要紧的是：与自己和解。

代序

初心未改

  与奶茶熙的相识，得追溯到六七年前吧，还是大学的时候。如今想来时间过得真快，这么多年转瞬即逝。那时的她还是长发，对她的印象：文艺、文静。相识于大学里的广播台，她声音甜甜的、柔柔的，说话轻声细语。她多愁善感，对生活总是观察入微，心思细腻，爱写些感性的文字，是最典型的双鱼女。因为同样的爱写文、爱音乐、爱电台，我们私下联系得越来越多。那个时候还在用QQ空间，我们在空间里写日志，然后互相阅读，互相评论。她那时特别爱讲自己的感情，一说起来她就眉飞色舞，她是一旦投入了，就一门心思钻进去的女孩，全心全意，执着得不得了。

  那时的我们，开始一起做网络电台的节目，一起录广播剧，一起聊未来聊梦想……我们在对未来的计划里，都有一个关于电台的梦，就像对待爱情一样，她对待自己喜欢的事也同样那么执着，一旦认定，就不肯轻易放弃。大四那年我们开始对未来做出不同的抉择。我去了北京，而她，放弃了一个原本稳定的工作机会，独自一人去了武汉，后来又去了珠海。从湖北省台新闻编辑组的一个小小的实习生做起，一点一点靠近自己的主播梦。她向来目标明确，就是要当电台主持人，就是要有属于自己的广播节目，哪怕受了打击，遭到奚落，她也义无反顾。

兴许真是上天眷顾努力的人，后来的我们都成了电台主持人，都拥有了与电台、与声音、与文字、与情感打交道的工作。我们聊起自己的工作时，都有满满的感恩。我们互相鼓励着，也说起要把写文章的习惯继续坚持，早在三年前我就对她说过："熙，我们都是能写文字的人，可以平时写些小故事发出来。"平日里我们也给彼此分享过那些很棒的书，一边阅读一边写一边记录，从来没想过停下来。我们相隔很远，一南一北，在不同的城市，坚持自己的初心，慢慢地我们也在各自的路上有了更多的收获。2015年，我出版了自己的第一本书，里面有一篇，记录了奶茶熙的故事；2016年，出版了第二本书，书中有一篇文章，专门由奶茶熙来写，那是对第一本书里她自己故事的一个续写。当时就想着，希望更多人知道她的名字，看到她的文字。

她是一个对待文字极其认真的人，也是生活的有心人。她将那些她看到的听到的事一一记录，变成了她笔下的故事。她一直在写，一直在等。今年，她终于等到了她的果实。她的第一本书，原创故事集《你在不怨的世界里，成了更好的自己》即将出版。正如一年前约定的那样，我也来她的书里客串一把，她的书中有一篇文章记录了我的故事，而我来为她的书作序。

时间过去好多年，她似乎依然没变，声音里还是那份气定神闲，聊起感情来依然滔滔不绝，为了喜欢的事依旧可以全身心付出，真性情一点没减，依然活得纯粹简单。她的声音、文字，都如她的人一样，是温润的、能带给人能量的。她一直都那么积极向上，不允许自己抱怨，督促自己往前。她的这本书里，记录的就是那些不怨的人、那些即使面对伤害与困境也能心平气和泰然处之的人。

我们，都欣赏那样的人。

我们已经出发了很久，走了很远，从没怨过，初心也未改，我们都成了更好的自己。未来，还会更好吧！

小北

2017年5月3日 晚

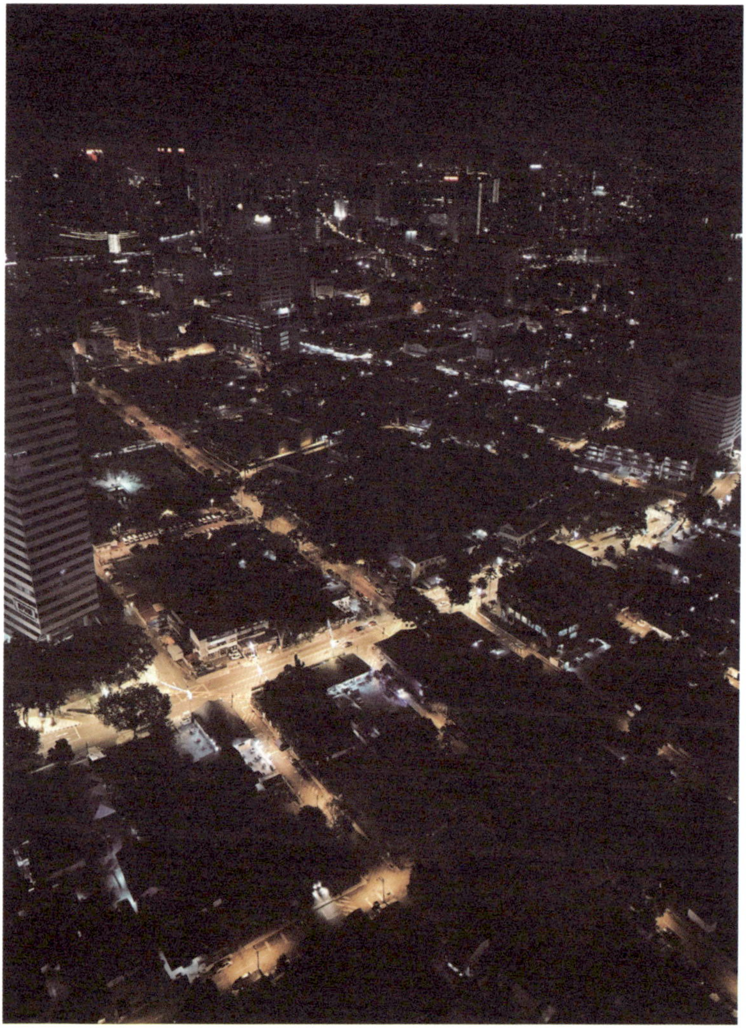

序

我常对自己说：时间看得到

时间倒回到十年前，中学教室里自习课上的我，拼命在本子上写着，写完再递给同桌："你看，我写了个故事，你是我第一个读者。以后，我还会有很多很多读者。"

时间倒回到七年前，大学一年级寝室里，深夜蒙着被子悄悄抹眼泪的我，因为大半夜想家而失眠，只好打开手机里的收音机。电台里传来一个温暖的声音，那档节目是湖北之声的"今夜不寂寞"，主持人叫简然。从那以后，我爱上了听收音机，心里暗暗种下了一个与电台有关的梦。

时间倒回到四年前，我独自一人去了武汉，在一位老师的引荐下进入到湖北之声实习，跟的节目组就是"今夜不寂寞"，见到了我欣赏的主持人：简然。

时间倒回到三年前，我来到了珠海，终于拥有了一档属于自己的电台情感节目。

现在想来，很多年前的某一天与文字结缘，又与声音为伴，我把这当成上天的恩赐。从来都不愿意舍弃内心所爱，哪怕过去有太多人劝我终结那些看似不切实际的梦，也从未让那些质疑变成心里的包袱。慢慢走着，一点点积累着，然后突然发现：现在所做的事情，不就是多年前的心中所想吗？所谓水到渠成，心想事成，好像就是这样。

期待的画面，终于变成了熟悉的场景。

"熙，在吗？我想跟你说……"这样的话，我已听了很多次，在这句话之后，总是大段大段的倾诉。这样的倾诉，来自身边熟悉的朋友、远方久不见面的老友，或者电台的听友、网上从未相识的陌生人。

我是个迷恋故事的人，别人的倾诉，只要听过一遍，我就会牢牢记在心里，不会忘怀，只会记录。这样经年久远的习惯，变成了我的文字，也让我通过声音，转化成一期期电台节目，陪伴电波那头无数从未谋面的人。接受情感的反馈，是我喜欢的过程。常常会把自己陷在里面，悲欢离合、喜怒哀乐，好的坏的过程、痛的笑的结局，我都完全沉浸其中，然后都会在节目结束，关了话筒的那一刻，让自己抽离出来。在这个过程中，翻看一条条留言，长的短的，难过的幸福的，挣扎的满足的……

那些与我倾诉的他和她，有很多。他们无法看到话筒前的我常常是笑着忧着、表情丰富且内心起伏地看他们的留言，仿佛跟他们一起经历悲欢离合的过程。就这样，自然而然地有了这本书，有了这30个来自普通人的真实故事。或许，你能发现这个世界上存在着与你"共鸣"的个体，他们有着与你类似的经历，比如：初次的心动、狂热的痴爱、多年的纠缠、残酷的背叛、无奈的结束、执着的拼搏、孤独的前行……他们也爱过又恨过，拼过又怨过，而时间，让他们终于释怀了。这些挣扎着又往前走着的小人物，让每一段难熬的日子变成了日后想来会心一笑、收获满满的回忆。他们，或许能给你力量，让你即使在无助无力的时刻，也有足够的勇气去做一个"无怨"的人。而"无怨"，将带着你拥有更好的爱，成为更好的自己。

生而为人，尽管有避之不及的小状况，偶有艰难与苦涩，也许会有遇到失意后的无奈、失恋后的无助，但在那些焦灼的关头，我们还能做的，便是"无怨"吧！无怨，是释怀的第一步。就像我喜欢的刘若英在《亲爱的路人》里唱的：

那时候，年轻得不甘寂寞
错把磨炼当成折磨
对的人终于会来到
因为，犯的错够多
来过，走过，是亲爱的路人，成全我

每一次貌似没有结果的过程，其实都是对自己的成全。你的经历、努力，时间看得到。来日方长，我们还要争分夺秒去到更为期待的未来。

写在2017年3月的春天里 珠海

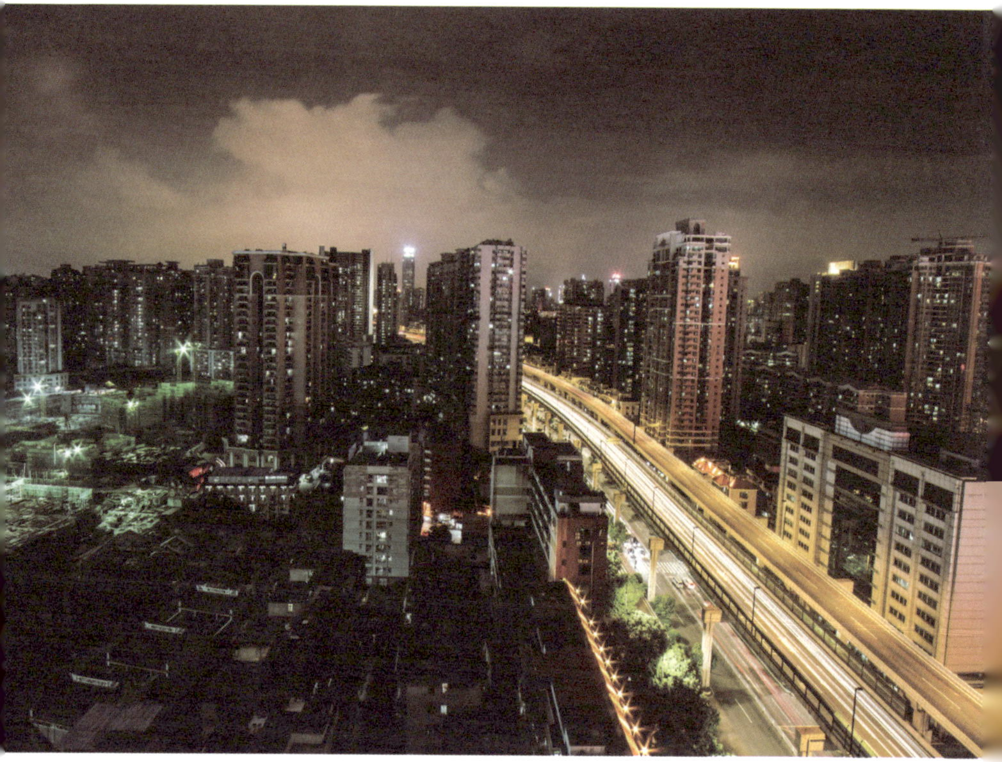

一条路延伸至尽头,目光不及之处,就用脚步到达吧!

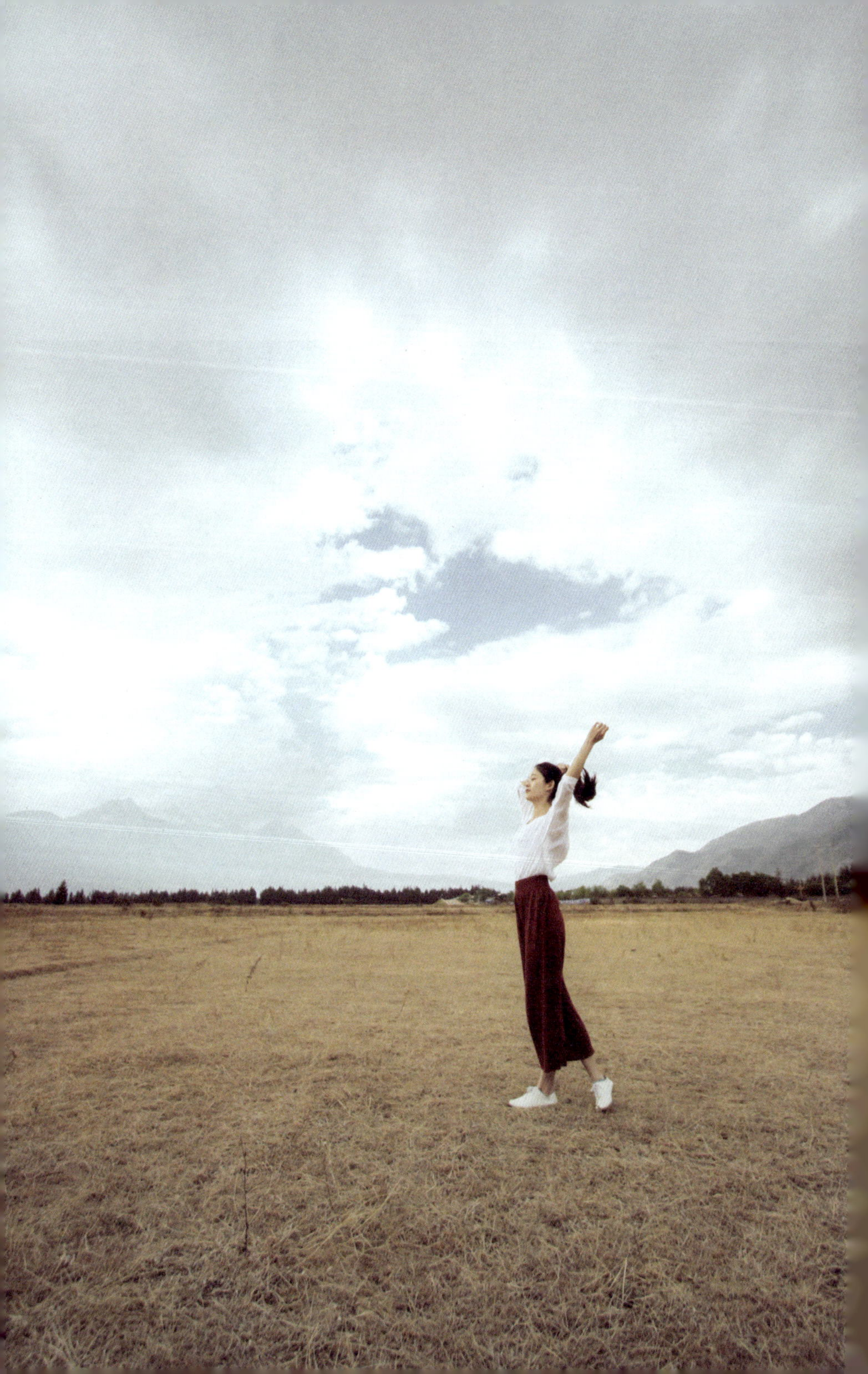

犹豫不决、瞻前顾后时，我怀念少年时的姿态。

那时爱用的词是：飞蛾扑火、敢爱敢恨、不顾一切，还有——勇往直前。

这，才是生动吧！

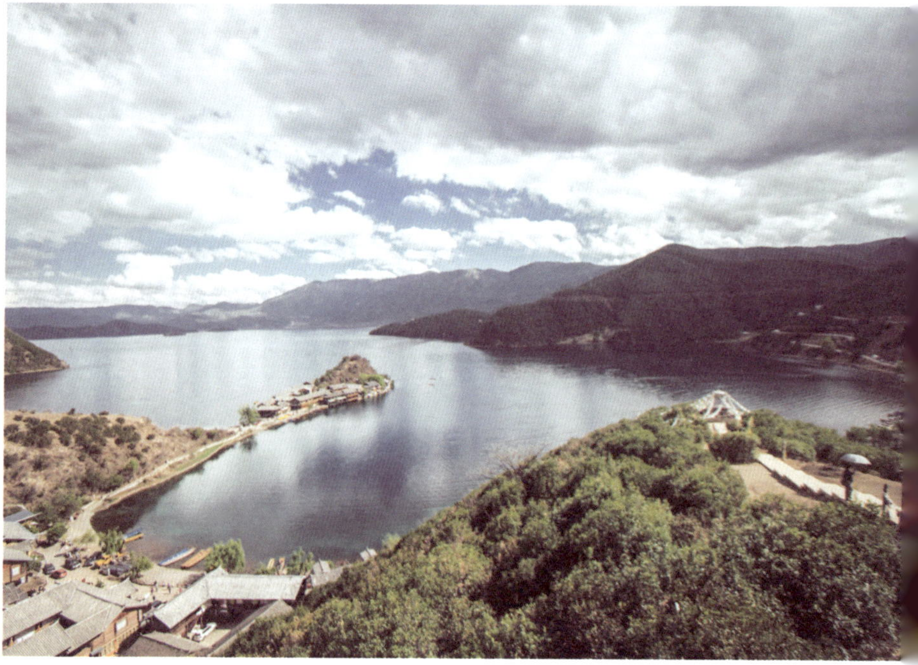

歌里唱"蓝色是忧郁",

我却有种执念:蓝色是心底的一抹纯净,是心头希冀的"海阔天空"。

得用多久的时间换多少的过程,

才能轻轻浅浅地把往日里的事当谈资?

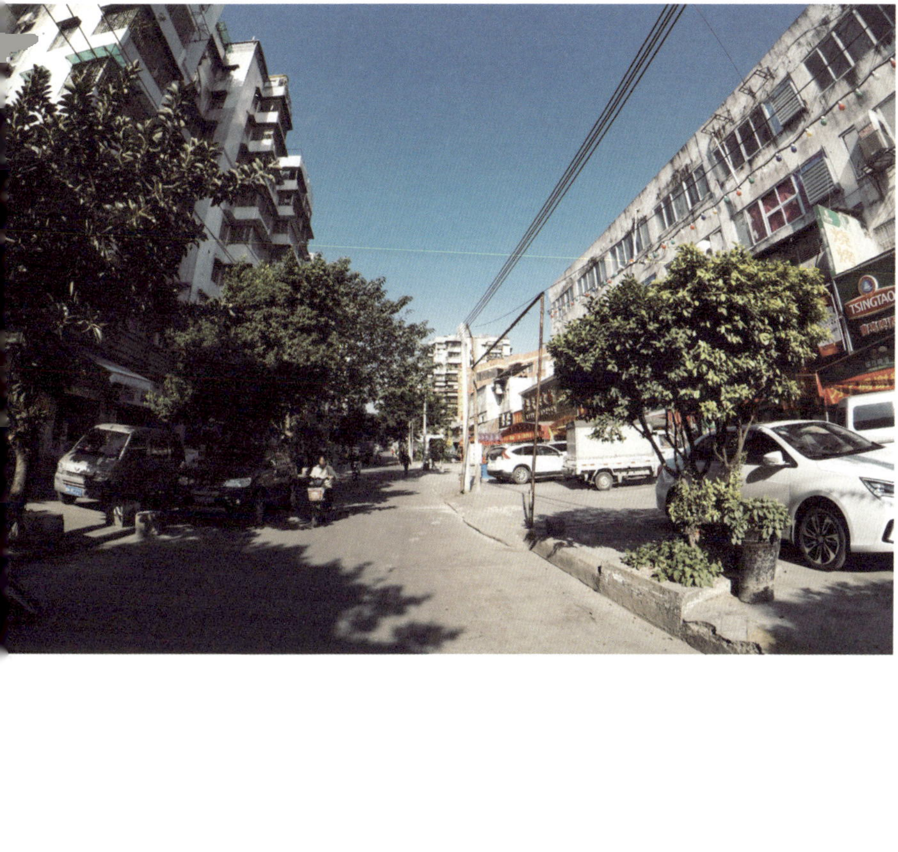
TSINGTAO

目 录
/
CONTENTS

第一辑

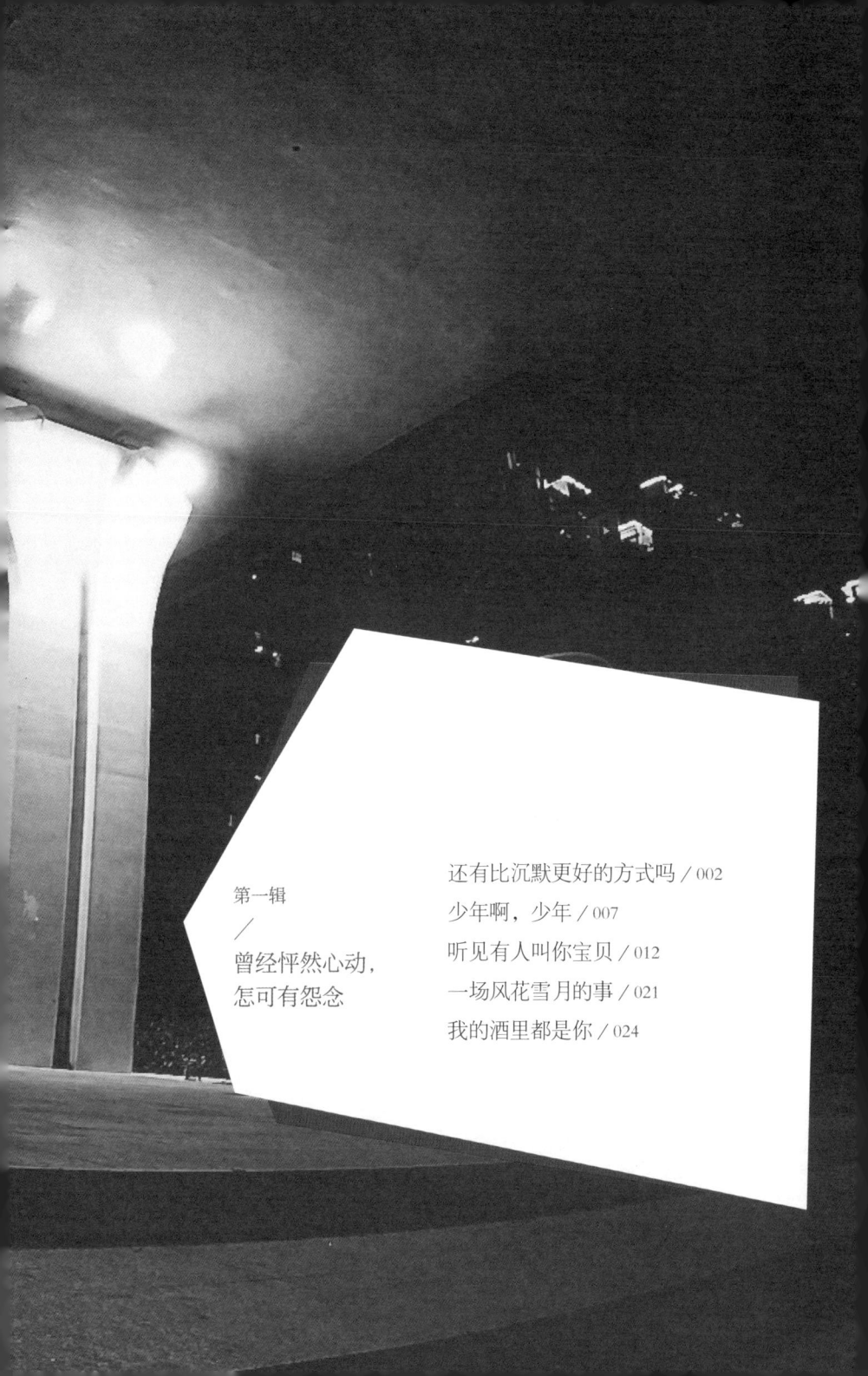

/

曾经怦然心动，
怎可有怨念

还有比沉默更好的方式吗 / 002

少年啊，少年 / 007

听见有人叫你宝贝 / 012

一场风花雪月的事 / 021

我的酒里都是你 / 024

第二辑
/
爱我，
你也不容易吧

爱不是一个人的飞蛾扑火 / 038
我想和你好好的 / 059
要为自己保留几分 / 067
再强硬的心也有个温柔的理由 / 072
宁愿天天下雨，以为你是因为下雨不来 / 077
说好了，咱不逃 / 079

第三辑
/
至此别过，
我们都要好好的

道理都懂，只是做不到 / 086
她说：别为错过而哭泣 / 090
失恋这件小事 / 095
挥别错的才能和对的相逢 / 106
因"缘"，则无"怨" / 116
你是否还愿意谈一场慢半拍的恋爱 / 122

第四辑

/

你说，
幸福有迹可循吗

异地恋，会好吗？ / 131

你说，幸福有迹可循吗？ / 139

幸好，他不曾来过你的青春 / 144

最好的时光 / 148

纯粹的人，值得欣赏并羡慕 / 153

各得其所，或各安天涯 / 159

第五辑

/

你在不怨的世界里，
成了更好的自己

哪怕变不成白天鹅，你也可以很快乐 / 178

拐弯的路上风景多 / 192

辛辛苦苦过舒服日子 / 198

普通却不普通的人 / 205

如果，我一辈子都没出息 / 211

她一个人，在漂泊中沉默 / 215

美人的很多种活法 / 219

你在 〰〰〰
不怨的世界里
〰〰〰 成了
更好的自己

曾经
怦然心动，
怎可
有怨念

第一辑
CHAPTER ONE

还有比沉默更好的方式吗

我看过一场很长的单恋，是七年。

我写过一些身边人的爱情故事，讲过几百个熟悉的或者不熟悉的爱情故事，我的电脑文件夹里已经储存了快三百期爱情故事的稿件，大多是以"女"字旁的"她"为出发点。生而为女，我骄傲，同时也悲悯，我悲悯女性的柔弱、感性，尤其在感情里的执着。我思想传统，我愚昧无知，一些观念根深蒂固。我一直觉得在一段感情里，女性是天生的弱者。通常一段感情宣告破裂，我总想当然地觉得女性那一方肯定受伤害更深一些。

这世上跟我一样传统的人一定很多，要不然为何听到得更多的是"渣男"，而很少有"渣女"的说法。

不过，观念是用来打破的，总有一些人，跟传统观念背道而驰。所以，为这个反传统的男子写个故事吧。

这位反传统男子确实跟普通男子不大一样。在他还是个少年时，他不爱篮球，不爱足球，不在球场上耍帅狠拼，他混在姑娘堆儿里热心地给球场上的帅哥送水送红牛送鼓励，他也是啦啦队中的一员，他喊加油最卖力。青春期男孩不学好，偷学大人抽烟爆粗口，留点零花钱买槟榔，一包可以好几个兄弟分着嚼，多好，多帅，轻轻松松分好帮派，有人罩着多有面儿，怎么酷怎么来。他不一样，他讨厌烟味，一闻就觉得呛得慌；他讨厌黑乎乎的槟榔，嚼完肯定牙黄；他也讨厌一帮兴冲冲的男孩成群结队爆粗口，多没素质多不文雅。他爱干净，有洁癖，他没兄弟但有姐妹，不抽烟但嗑瓜子，不嚼槟榔但吃零食，一盒包装精致的巧克力也可以讨好一帮女孩。谁说瓜子不如香烟霸气，谁说巧克力不如槟榔有威力。别人有别人的面子，他有他的活法。男生们冷落他，但女孩们亲近他。

那一年他的异性缘爆发，走到哪里身后都有三五个样貌不错的女孩跟随，不过女孩不是暗恋他崇拜他，是跟他"玩得来"。那时候还没有"男闺密"这个词，但女生们用自己的实际行动证明他的重要——课间买零食会叫上他，中午吃饭会叫上他，下午放学回家会叫上他。

有这样一类男孩，同性无视他，异性视他为知己。

别以为他是当时的"中央空调"，可以暖所有女孩。他没那么大热量，他只够暖一个人。那女孩长发飘飘，身材高挑，面容姣好，瓜子脸，笑起来眼睛弯成月亮。这样的姑娘当然不缺追求者。女孩是他的全部，而他只是女孩众多追求者中普通的一个。不过，他有他的方法。别的男孩明目张胆地写情书唱情歌送礼物表白，他不声不响。他有他的角色——异性好友。这个角色一般男孩扮演不了。漂亮优秀的女孩有资本傲娇，追求者越是大胆她越是拒绝，乐此不疲地拒绝。所以，一个学期过去了，两个学期过去了，陪女孩坐公交上学的是他，陪女孩吃饭的是他，陪女孩放学路上瞎溜达的还是他。反倒没有男生把他当情敌，大家带着讽刺式的默认："怎么可能喜欢他！他是男的吗！"

高中三年，他安心当女孩唯一的男闺密。女孩什么话都告诉他，他也了解女孩所有的喜好，包括喜欢哪个类型的男生，他知道自己已被排除在外。他也对女孩推心置腹，不够阳刚的他还显露出了无比讲义气的一面。唯独，藏着那一个秘密——"我喜欢你"。

多俗气却又多管用的一招——多少人以朋友的名义爱着一个人。三年时间，完完整整的陪伴，他从未缺席，也算圆满了。

大学，他们同城不同校，不能再像过去那样日日相伴，不过还好，尽管学校离得远，也能一星期见一面。只是一学期后，一切都变了。大学氛围轻松，恋爱自由，漂亮女孩一入大学就吃香，于是，女孩恋爱了。她第一时间在电话里跟他分享："你知道吗？我有男朋友了！就是以前我们高中学校三班的那个刘风，我们以前就见过他的，你记得吗？没想到他高中时就喜欢我，是为了我才考这所学校的！进大学后他就跟我表白了，一直很照顾我。现在我总算可以光明正大地恋爱了，是不是为我高兴啊？回头带上我男朋友请你吃大餐啊！"

电话这头的他，第一次，没有搭理她的话，吞吞吐吐不知道说什么，匆匆挂掉电话。其实他想说："你知道我也是高中时就喜欢你了吗？你知道我也是为了你才选择这座城市的大学吗？"所有想说的话，都选择不说，这是他的方式，他以为的能长久陪伴对方的方式。只是现在，好像不管用了。热恋中的人习惯重色轻友，女孩已经没有以前需要他了。不会常常跟他聊QQ通电话，不会买了新衣服问他好不好看，不会在周末时跟他见面……他这才意识到自己过去都是以另一个人为重心，而当这个人不再需要自己时，自己整个人好像都被抽空了，做什么都没了意义。就是在那时迷上抽烟的吧，他在寝室发呆，一哥们儿点了根烟突然问他要不要，他顺势接过，自然而然就抽了。原来，曾经那么讨厌的烟味，也不是那么难以接受。原来，曾经那么需要的人，也可以渐渐疏离。

从此，烟不离手。可以不吃饭，但不可不抽烟。

女孩偶尔联系他，无非是抱怨"我们吵架了、闹矛盾了、差点分手了"或者"他下个月生日我该送什么礼物"。他通通都静心聆听，耐心解答。

直到，大四那年寒假的一次高中同学聚会。那次大家都喝开了，情绪高涨，也略感悲伤，说着估计大学毕业后工作了，老同学就难得回来聚在一起了。大概是喝激动了，大概是酒精上头情绪到了，终于到酒后吐真言的时候。他把女孩拉出包间，拉出嘈杂的KTV，两个人跑到大马路上，深夜的马路人很少，安静得可以听见彼此的心跳和酒后沉重急促的呼吸。他正要开口，女孩却抢先说话了："我知道你要对我说什么，我都知道，我很早以前就知道，上高中时就知道，我身边的朋友也都知道，你喜欢我！你别把别人都当傻子，你以为只要你憋着不说我就不知道吗？我只是气愤，气愤你为什么就是一直不肯说。这么多年啊，你怎么就能忍住不说！你还是男人吗！我不是没考虑过你的，刚进大学那一年我真的怀疑自己是喜欢你的。大一第一学期的暑假，我问过你有没有要对我说的话，我问了你几遍你都说没有！没有！我当时想，你要是说了我就跟你好！是你不说的！所以第二学期一开学我就答应跟刘风好了。我要告诉你的是，昨天，我跟他分了。但是，即使我不跟他在一起了，我的男朋友，尤其是我未来的老公，也不可能是你！不可能！不可能是你这个胆小的孬种！"

……

听了女孩的酒后真言，他有怎样的反应，他们后来如何，我觉得都没有详细了解的必要了。可以肯定的是，如女孩所说，他们真的不可能了，再也不可能。

我只知道若干天以后的某个夜里，失眠的我刷微信朋友圈，看到女孩发了一张在酒吧的照片，附带文字："喝多了！"下面有他的评论：

"结束后,要不要我来接你?"

自打那天起我就觉得这是最动人的一句话,有多少人会关注你的动态,关心你的安危,对你说:"要不要我来接你?"

只是很多时候情话再动人也换不回过期的感情。他的那句话,并未得到女孩的回复。大学毕业一年后,女孩结婚了,据说老公是通过相亲认识的,大她五岁,长相平平,成熟稳重。他收到了请柬,他跟在一帮高中同学身后,准时赴宴。他很平静,没有显露任何不合适的情绪,并未有任何过激举动。新郎新娘来敬酒,他礼貌祝福,微笑示意。任何人都看不出他心里究竟在想什么,任何人都不知道他是伤心难过还是解脱,从少年到长大成人,隐藏情绪成了习惯。

之后的一次朋友小聚,我们又跟他提起了往事,感叹时间太快,个个伤感。他倒是突然看开了一样,安慰我们:"过去的事就是青春梦一场,人总要向前看。"之后,他又补了一句:"只是我没想到她会嫁给那样一个人,不配她的气质,她真的爱他吗?我怕她不幸福。"几个朋友相对无言,他只是一直抽烟。

聚会散场时我问他:"你没事吧?"他小声对我说:"我只承认我爱过她七年,高中三年,大学四年,毕业这一年我在放下,这不算,现在我放下了。"离开时我跟他说:"没事吧?"他跟我说:"放心吧。"

放下吧,也放心吧。突然间才发现,曾经不起眼的少年,已长成了阳刚的男人。

谁说,感情里一定是女人受伤比较多?谁说,爱你必须得说?

少年啊，少年

每个人喜欢一个人的方式都不一样。

你愿意为他买很多有新意的小礼物给他惊喜；

他愿意为她每天买早餐准时送到她手上；

她愿意听他爱的歌、读他爱的书、走他走过的路……

所有的方式都化作一句：我喜欢你。

每一件小事都放在心里，化作一个"心动"的词语。

纯粹很难，坚持很难，而你，能否用生命中的某段时光换一段纯粹的坚持？

认识她，源于高一结束的暑假去长沙参加一个月的艺考集训。

她个子瘦小，肤白清秀，齐肩短发。

我们住在一个六人寝室，除了我，其他五个人都已经高二结束。

最开始对她的了解出自其他几位室友的简单介绍，听说她是富家女，吃的穿的用的都比我们讲究，但是性格很好。

慢慢我发现，她用的护肤品是电视里黄金时段打过广告的，而且完整的一套她都有，每晚睡前会花二十分钟认真护肤。而那时，我唯一的护肤品就是一瓶洗面奶。她穿的衣服都是在长沙的商场里买的，是我们一般高中生可望而不可即的牌子。于是我对她心生羡慕，觉得她像个被宠爱的小公主。

那时的我深陷艺考和考大学的压力当中无法自拔，总觉得自己的人生一片黑暗，她这样的富家女一定什么也不愁吧，即使没考好，也有很多更好的出路。

有一次聊到喜欢的男孩子，寝室里的女孩都开始犯花痴，说自己学校里的谁谁谁有多帅，自己喜欢的是哪一类，还有个女孩特别固执地说："除了冠希，我谁都不喜欢。"

只有她沉默了很久，才认真地说："我喜欢的男孩，他以前也在我们老家上学，我在一中，他在二中。有一次我去二中找朋友玩，在我朋友的教室见到他，真的是一见钟情啊，那时才初二，不过他后来转学到长沙读书了。其实，我选择参加艺考，就是因为可以来长沙集训，这样，我就有多一点的时间和机会见到他了。"

听她一口气讲完这些，我们几个都又惊又呆又感动，我开始扳起手指头算："初二、初三、高一、高二，天哪，你都喜欢他四年啦！"

她倒是很平静，微笑着说："是啊，四年啦。"

又有人问："他是怎样的男孩啊？帅吗？"

"他知道你喜欢他吗？"

"你不会一直是暗恋吧？"

"他对你有表示吗？"

……

寝室里的每个女孩都有了疑问。

她继续说："他不算帅，但是长得很干净，最爱穿白衣服，性格很好，话不多，超容易害羞，我第一次见到他就找他说话，他脸一下子就红了。后来我每个星期都去二中看他，慢慢地有人告诉他我喜欢他，他也没什么反应。我要了他的QQ和手机号，我们偶尔也会聊一聊。"

我又问："难道你们就这样聊了四年吗？你觉得他喜欢你吗？"

她满不在乎地说："他不讨厌我就行啦，我那时每次去二中都没想别的，我就是想看看他，看一眼就好。"

我实在觉得太不可思议了，怎么能喜欢一个人喜欢了四年？而且也不要求对方有任何回应？这是怎么坚持下来的？

对于十几岁的人来说，四年，是很长的日子。

我们所在的艺考培训班是封闭式管理，一周只有一天放我们出去。

每周可以出去的那一天对我们来说是疯狂逛街的一天、胡吃海喝的一天。可对于她来说，这一天只会做一件事：去他所在的高中见见他。

早早起床，用心打扮，兴奋出门，转两趟公交，花一个半小时，到达城市的另一边——他所在的那所高中。

这几年，通过她不断从他身边的朋友、同班同学那里打听，关于他的喜好他的习惯，她了解得一清二楚，所以她每周去都会买一些他喜欢的东西。

他喜欢的牌子的篮球鞋、T恤、运动裤、他喜欢的CD……每次都是不一样的礼物。他不收就硬塞给他，硬塞不行就叫班里的同学转交给他，转交还不行就把东西扔下就跑。

就像她说的："就去看看他，看看就好。"

每次回来她都会很开心，跟我们讲他的一切，高了，瘦了，头发更短了，更精神了，见到自己笑了。

讲到这一切的时候，她的眼里有光，笑得合不拢嘴。而在我们听来，都觉得是平常得不能再平常的内容罢了，大家都在疑惑："这有什么好兴奋的？"

在集训结束的前两天，某个晚上听到她跟她妈妈打电话。

她说："妈妈你帮我跟爸爸说一下好不好，我想转学到长沙的××学校，那里的教学质量更好，对考大学更有帮助，如果你们怕我学习不好跟不上班，我留一级都行。"

我听得很清楚，她说的长沙的××学校，就是那个男孩就读的学校。

而她妈妈好像不同意，她就开始哭着哀求，到后来的生气、发怒、挂掉电话。

那天晚上，她躺在床上哭了好久，我们坐在她床边安静地陪着她，从没看她这么伤心过。我一直觉得她淡定、温和、快乐、纯粹、没有烦恼，总之，她的身上包含了那个年龄段的女孩子拥有的一切美好。

可那个晚上我知道，她也有烦恼，这样的烦恼是多少昂贵的护肤品和漂亮精致的衣服都弥补不了的。

她哭完后只对我们说了一句话："我只想陪在他身边。"

集训结束后我们分开，很多年都没有再见。可每当有人说到"痴情"这样的词，我都会下意识地想到她。

这么多年过去，我们都长大成人，再无交集。我已经忘了她的名字、她的样子，可脑海中总时不时地闪现她说的那些话和她哭泣的那个夜晚，以及她口中说出的"那些与他有关的日子"。

她说过:"他不帅,却干净,爱穿白色衣服。"
她说过:"我只想看看他,看看他就好。"
她说过:"我只想陪在他身边。"

我不知道后来的她能否如愿陪在他身边,我不知道她后来有没有等到他也愿意站在她身旁牵起她的手,我不知道下一个四年她是否继续在坚持,我也不知道——后来,她幸福吗?

我通通都不知道。

我只知道纯粹的心不可剥夺,少女的爱恋千金不换,少年的白衬衫换了又换,多年间依旧熠熠生辉。

喜欢是他爱穿白衣服于是我也爱白色,喜欢是他听的歌我也听,喜欢是帅哥很多可都没有他耐看,喜欢是穿越大半个城市去看他,喜欢是看他一眼还想再看两眼三眼四眼,这次不行再下次……

还记得年少时的梦吗?像朵永远都不凋零的花。

还记得年少时爱的人吗?他在你的日记本里和心里生出无数朵小花。

多年后的某天你说:"走吧,走吧,为自己的心找一个家。"

你把他忘了吗?

少年啊少年,你可知曾有一人爱你如生命。

后来,你跟你的少年在一起了吗?

听见有人叫你宝贝

"嘿，在吗？下个月五号有空的话，来L城参加我的订婚宴啊。"这是木子一开机就收到的一条微信。这条微信来自于——"贱人"。当然，"贱人"只是木子给他的备注名，其实以前木子不叫他贱人，叫他Q哥，因为他爱吃旺仔QQ糖。

别以为爱吃QQ糖的男生都是娘娘腔，Q哥就是个例外。就像他自己说的："我身高一米八，不胖不瘦，阳光男孩，爱健身爱吃QQ糖，因为QQ糖跟我的肌肉一样弹性可爱。当然，如果在座的有跟我同样兴趣爱好的欢迎加我QQ，男女都行，来者不拒。"

这是Q哥当年在大学班级新生见面会上的自我介绍。那段简短的自我介绍简洁明了、富有个性，唯有一个低级错误：自己姓名忘说了。于是大家各有各的叫法："嘿，QQ糖！""嘿，肌肉男！""嘿，一米八！"

不过，"Q哥"，只有一个人叫，那就是木子。

称呼总能最简单直接地反映出两个人的关系，如果你称呼一个人，跟别人的叫法都不一样，那至少说明，你们的关系不一般。

木子跟Q哥的熟络，纯属巧合。

木子大多数时候会在早上七点半去食堂某个特定窗口买鸡蛋灌

饼，Q哥也是；

木子大多数时候会在中午十一点半下课后第一时间冲去食堂某个窗口买三块五的套餐，因为那个窗口给的肉最多，Q哥也是；

木子下午最后一节课结束后，会独自一人跑去校门口一家小面馆吃一碗炸酱面，Q哥也是。

与此类似的很多吃东西的喜好习惯，Q哥大多跟木子一样。所以他们在真正意义上做到了"抬头不见低头见"，短时间内混了脸熟。请相信Q哥不是个浪漫的人，他跟木子一次又一次的巧合碰面，并非他有意安排刻意守候，他没这闲心思。而且那时他压根儿就对木子没有好感，用不着守株待兔故意碰面，所以他们一天好几次的遇见真的只是巧合。

并不是所有情感故事里的人都是深情款款良苦用心的。至少这俩人不是。

碰面的次数多了，又是同班同学，他们很自然地混成了"饭友"。

很长一段时间，他们的对话围绕的主题就是：吃！一起同吃共喝了一段时间，他们觉得生活得有所追求有所改变。年轻人，总是不安分的。Q哥提议："以后每天下午六点，你陪我一起去健身，要不然我这肌肉要变肥肉了。"木子说："这你得一个人去，我可舍不得花钱办个健身卡，我也不爱运动。"只是被Q哥有力反驳："一、我们可以办学生卡，五折优惠；二、我一个人去无聊，很难坚持，是朋友的话就跟我患难与共，共同健身。"木子还真答应了，真是靠得住的好饭友。Q哥是健身达人，一进健身房如鱼得水，各项训练都不落下，每天有严格计划。木子不一样，她只勉强喜欢跑步机，别的运动器材她连名字都叫不出来，所以，每天在健身房里的一个小时，她就是跑跑步发发呆。

后来，Q哥说："木子，每天只健身也太单一了，咱们还可以去摄影班听课，挺有意思的。"木子爽快答应。

后来，Q哥又说："咱们周末去肯德基兼职怎么样？能挣钱，又有吃的。"木子爽快答应。

后来，Q哥还说："肯德基兼职还是太累了，下个月咱们别来了。"木子爽快答应。

后来，Q哥又说："咱们周末去爬山野餐怎么样？"木子爽快答应。

后来，木子问："Q哥，你为什么干什么都要叫上我一块儿呀？"Q哥说："哥无聊。"这答案，木子有点失望。

忙忙碌碌一学期，暑假木子回家，Q哥留在学校做兼职。

开学前两天木子回学校，兴冲冲带着家乡特产去见Q哥，约了一次两次三次都没见着。终于，正式上课那天，木子知道Q哥有了新的饭友，是隔壁班的一个女孩子，跟Q哥暑假一块儿在学校图书馆做兼职认识的。木子并不是小心眼的人，可就是忍不住讨厌那个隔壁班的女孩子。就如同小时候，当自己特别好的朋友又有了新的朋友时，心里的那种嫉妒和愤恨。木子一遍遍告诉自己："清醒点，谁规定他只能跟我一个人玩？我怎么能那么狭隘呢？"

后来总算跟Q哥再次约饭成功，木子还是没忍住蹦出了那个问题："你怎么跟那个女生玩得那么好啊？"Q哥坚持一贯无所谓的态度："因为无聊啊。"木子几乎是疯了一样突然摔掉手中正在拌炸酱面的筷子，大吼道："你到底有没有真心把我当朋友啊，我只是你摆脱无聊的工具吗？随时可以被替代？你就那么空虚寂寞冷吗？"Q哥愣了一下，回答："没错。"

那是他们第一次冷战，彼此保持距离，刻意改变原来的吃饭习惯，尽量不碰面，上课遇到了也不说话。这样的冷战持续了一个月，

Q哥败下阵来，主动认错，发去短信："下课了请你吃炸酱面吧！好久不吃，有点想念。"木子想也没想就回了个"好"。冷战，确实是件痛苦的事，难以忍受。和好后他们很默契，对上一次吵架只字不提，就当从未发生，他们还是好朋友好饭友，情谊深厚，坚不可摧。

直到，Q哥恋爱了。木子知道，这次不一样了。自己必须得接受这个好朋友时常的缺席，不能有脾气，不能吃醋，不能不开心，要为好朋友终于脱单感到高兴才是。最重要的是，自尊心不允许她吃醋，她有什么资格吃醋，她只是朋友，而这次出现的是——女友。Q哥也会特自然地带女友跟木子一起吃饭，三人其乐融融有说有笑。偶尔Q哥就把木子当个垃圾桶，专门跟她诉苦。比如：你们女的是不是都这么奇怪？情绪怎么阴晴不定？你们女的出门前到底要折腾多久？我在她寝室楼下等半个小时了。你们女的……

木子见证了Q哥从大一到大三一共三次恋爱，分分合合，换了不同的人，剧情好像都差不多。Q哥终于认命了："也许我就注定孤独终老，哈哈哈！"木子笑笑说："不怕不怕，有我这个好饭友陪你，哈哈哈！"说出这话的时候，木子突然特别轻松，好像终于可以放下心来，好像Q哥真的不会再跟别的女孩恋爱了，好像他们两个人真的可以永远这样天天一起吃饭玩耍无所顾忌，好像能永远这样过着逍遥自在的校园生活。

他们又像回到了大一第一学期的时候，每天吃吃喝喝偶尔找乐子，话题又简单得只剩下了"吃什么"。木子忍不住感叹："跟你聊吃的比跟你聊感情舒服太多了，所以啊，我们都只适合当吃货，不适合当情圣。"

这样简单的日子随着大三的结束而结束，他们开始实习、找工作。木子是南方人，却选择北上；Q哥是北方人，却选择南下。他们俩的性格很像，都是有闯劲敢尝试的人，对自己没去过的地方、没见过的世界充满好奇。可是未知世界没有想象中美好。木子刚到北方，不适应的当然是气候，来自岭南小城的她，在水润温热的空气中长大，很难适应北方的干燥。除了气候，还有其他。实习的第三天就被部门领导带出去应酬，领导让喝酒，客户让喝酒，岂敢不从，喝不了也硬撑，撑不了就去洗手间吐，边吐边哭，然后给Q哥打电话："你们北方人是不是都这么能喝，都这么变态呀，我真的快受不了了！"Q哥在电话那头不断念叨："吐出来就好了，吐出来，快！"

每天下了班，饭局结束，一回到出租屋，木子脱掉鞋子往床上一躺，就开始给Q哥打电话，什么都聊，今天吃了什么、领导多奇葩、工作有多累……这是她一天当中最轻松快乐的时光。Q哥也滔滔不绝地陪她聊，不过很少抱怨，他总说："我一大男人适应能力强，能吃苦。"

也许再艰难的生活，时间长一点，就真的习惯了。木子性格坚韧，能撑能忍，在公司里越做越顺，跟领导同事也相处不错。她用半年时间"忍辱负重"，终于得到一致好评，获准转正。

回学校的那一个月是毕业季，忙碌中也不忘大吃大喝天天酒局，不忘新朋旧友抱头痛哭互诉衷肠，好像要说完这四年里还没来得及说的话。在那些酒后的真言中，木子才知道Q哥这一年的实习生活并不好过，他的性格太过张扬，在职场中并不讨巧，而且他也不满公司老员工欺负实习生，常为别人打抱不平，也不忘为自己争取利益，得罪的人不少，换过好几家公司。第一次，木子觉得这个一直对什么都抱着无所谓态度的大男孩，有那么多无奈。

木子离校那天，大学里的好友都去校门口送行，木子特洒脱地说："大家送我到这里就行啦，我自己去火车站。"Q哥说："我得把你送到火车站。"木子笑着说："不用啦，又不是再也见不到。"木子顺手拦了辆的士，Q哥帮她把行李箱放在车后备厢，木子正要上车，Q哥突然说："你难道不抱抱我吗？"木子转过身就抱他，那个拥抱好像很长，跨越了四年的感情，又好像很短，一松手就要告别。两个人什么也没说。

的士开走的那一刻，木子的眼泪没忍住，湿了脸，也许，真的再也见不到了。又好像，还有个遗憾，还有个未了的心愿。

离别时大家依依不舍，其实真的分开了，回到各自的城市，依然能平静地按部就班工作、生活，井然有序，有条不紊，忙碌能让人忘记一切伤感和难过。只有一次，木子逛商场，看到一个跟Q哥长得很像的人，一样的大高个儿、一样的笑容、一样的气质发型，木子竟然呆呆地冲那个陌生人傻笑。然后，她看着对方诧异的表情，看着对方慢慢走远，她的笑容僵在脸上，就哭了。

下意识地掏出手机，拨打他的电话，开门见山。

"Q哥，在忙吗？我有话要问你，这几年里，你到底有没有喜欢过我？"

Q哥顿了一秒，还是一贯的态度："喜欢又怎样？你在玩真心话大冒险吗？"

"我跟你说真的，你告诉我。"

Q哥想了想说："喜欢过，然后呢？"

木子有些欣喜，她说："有你这句话我就知道怎么做了，我可以辞职，可以马上去你那里，我们可以在一起，我不想和你分开。"

这次轮到Q哥不冷静了："你疯了吗！大白天的开玩笑吗？你好好工作安心生活会死啊！谁要跟你在一起啊！已经毕业了，别做梦了！"

"可是喜欢就得在一起啊，你喜欢我，我喜欢你，我们大学四年都没在一起，你不觉得遗憾吗？"

"谁觉得遗憾啊！谁告诉你喜欢就必须得在一起啊！你觉得我能给你什么好的生活吗？你好好上班，好男人多的是，我不想再耽误哪个姑娘，尤其是你。"

木子不死心："我就是觉得喜欢就得在一起，要不然多不开心啊，我们在一起好不好？"这一次是带着哭腔的。

Q哥回了句："你值得更好的，我配不上你。"然后把电话挂了。

木子那天没有罢休，发短信问："为什么不跟我在一起？"Q哥回："我不想谈恋爱。"没有多余的话，只有这冷漠的六个字。

拒绝人最恶心的三大理由：你值得更好的；我配不上你；我不想谈恋爱。

不过木子相信这三个理由。她想：只要我们都不谈恋爱，等到Q哥工作有了起色，混得更好了，他应该就没有顾虑了，我们就还有可能。

日子不咸不淡，木子除了没有恋爱，一切都还不错。两年很快过去了，在这两年间，木子为了防止自己再去拨打Q哥的电话，直接把他的号码删了，QQ和微信没舍得删，但是把备注名改成了"贱人"。每次想找他说话的时候就暗暗告诉自己：你怎么能和一个贱人说话呢？这一招特别管用，她还真没主动找Q哥再说过话。

直到，收到这条微信："嘿，在吗？下个月五号有空的话，来L城参加我的订婚宴啊。"木子愣了一下，不过很快平静了。这两年，尽管没主动跟他说过话，可时时关注他的朋友圈动态，偶尔也能从老同学口中听到关于他的消息：知道他后来还是离开了那座南方城市，回到了北方老家L城；知道他回老家后进了稳定的事业单位；知道他没以前那么愤青了；知道他谈恋爱了，女朋友是他青梅竹马一起长大的女孩，比他小两岁……零零散散的消息拼凑起这两年她对他所有的了解，还有这一次他要订婚的消息。这最重要的一条消息，是他自己发给木子的。又或许，这只是一条群发消息吧。木子在意的是：不是以前说好不恋爱吗？不是明明对我说不想谈恋爱吗？不是说不想耽误哪个姑娘吗？怎么就要订婚了啊？不是还说过注定孤独一生吗？怎么说话这么不算数啊！

转念一想，骂自己傻瓜！又不是不了解他，他那么害怕空虚害怕寂寞，他说话向来不算数，自己怎么就当真了？

订婚宴那天，木子去了。见面第一句："Q哥好久不见，哈哈哈！"两人一见面依然是称兄道弟不分男女，Q哥未婚妻站在旁边含蓄羞涩地笑。Q哥给木子敬酒时特别痛快，连饮三杯，未婚妻扯了扯Q哥衣角，温柔地说："宝贝你少喝点。"Q哥看着未婚妻点点头，说："木子是我大学时最好的饭友，哈哈哈！"木子嘴里说："是啊是啊。"心里想着：宝贝宝贝。

原来她叫你宝贝，你只是我Q哥，我只是你饭友。

订婚宴结束的当晚Q哥请大家去KTV，不知哪个不识趣的家伙在这么喜庆的日子里点了首李宗盛的伤感老歌《听见有人叫你宝贝》："不要说我做得不对，不要说你永远不会，因为我在无意间听到有人叫你宝贝……"那人唱得跑调，木子却动容得红了眼。Q哥还在给大家一个个敬酒，未婚妻拿着一小盘葡萄，跟在Q哥身后，贴心地往他嘴里喂。

Q哥，找到了他的宝贝。

其实，木子再也不会知道，曾经Q哥选择去那座岭南省会城市实习，是因为那座城市离木子的家乡比较近。

而Q哥也不会知道，木子选择一路北上，以前实习现在工作的这座城市，于木子而言唯一的意义就是：离Q哥老家L城多近啊！

他们，都曾试图在彼此身上找到安慰。

只是，有些事情他们都不必再知道原委。

他们的生命里，该有各自的宝贝。

两年后，木子结婚，新郎爽快，挨个儿敬酒，敬完一个人木子就扯一下他衣角："宝贝，少喝点。"

一场风花雪月的事

致那些年我们爱过的男孩，一起走过的女孩，以及匆匆岁月。

他是个平时看起来非常粗线条的男人，在银行做着最严谨的工作，用理智的态度面对生活里纷纷扰扰的一切。他以为"晦涩、平静、冷静"将成为构成他生活的主色调，直到，他再次见到了那张熟悉的脸。

他说，初中时一大帮男孩一起在班里讨论哪个女孩漂亮，接着一群兄弟帮一个人追某个女孩。大家沉迷于那样的讨论，长长的话语、不变的话题似乎没有尽头。他喜欢上了兄弟喜欢的那个女孩，他开始了漫长的暗恋。他关注女孩的一举一动，他会不自觉地跟着女孩的步伐，他会计算女孩每天出现在某地的时间，然后假装与她碰见，他会默默地做很多事，却又鼓动兄弟去追那个女孩……那个年纪，冲动的青春里，他一度觉得自己的做法很爷们儿，决不跟兄弟争，包括喜欢的人。但他确实又无法抑制自己心里对那个女孩的爱恋。后来，面临升学，他猜测女孩会去哪所高中，他也努力去那所学校，想尽各种办法，终于成为那所学校的一名高中生，才得知女孩去了另一座城市。时不时地，他还会与女孩联系，只是短短的、礼貌的问候。

青春期的爱情，常常没有开始，就已经结束。甚至，只是在自己一个人的心里完成了一场风花雪月的事，从来没有让另一个人知道。

还记得吗？那年，你是穿着简单T恤、扎着马尾的女孩。你喜欢某个男孩的方式就是故意在他面前大声说话，趾高气扬地从他身边走过，与他的兄弟成为朋友，打探他心底的秘密。你坐在教室里，望着窗外想到他就发呆，然后把满满的心事写进日记本里。

还记得吗？那年，你是穿着篮球服或干净白T恤的男孩。你喜欢一个女孩，总是跟兄弟一起讨论她，你甚至故意与她抬杠、捉弄她，引起她的注意。你望着她的背影发呆，在心里无数遍地演练与她搭讪的情景。她似乎时常离你很远很远，却又好像离你很近很近。

那年，你实在不是优秀、漂亮的女孩。你不会化妆，不懂穿衣打扮，你不懂得收敛个性，常常横冲直撞……可却是他心里最美最纯的女孩。

那年，你实在不帅气，你穿最普通的球鞋球衣，你剃最没水准的寸头，你不会讨女生欢心，还时常傻傻卖弄……可却是她心里最好的男孩。

那年，你们可能在偌大的校园里搜寻彼此的身影，你们可能拿着最便宜的手机，也许是小灵通，也许是绿屏的诺基亚，给对方发短信到深夜。你们都曾是最平凡普通的男孩女孩。

很多年过去了，你们遇到了形形色色的人，可为什么再聪慧优秀的女孩都比不过当年青涩任性的她；再高大帅气的男孩也替代不了当年单薄傻气的他。

最后，你们没有在一起。

谁陪你走过漫长的青春，谁带你走过悠悠青葱岁月，谁在你最不优秀的那些年用最纯的心陪伴你，谁伴你经历一场最干净的风花雪月的事。

你们，笑说当年。

我问他，后来呢？

他说，很多年过去了，以为再也不会见到她。直到那天她走进他工作的那家银行，甚至走到了他的柜台前，对他说："你还记得我吗？好久不见，听同学说你在这儿上班，我有点事想要向你咨询一下。"他就这样傻愣愣地看着那张曾经朝思暮想的脸，听对方礼貌地向他咨询几款理财产品。他不知道自己那天是如何作答的，他只知道自己的心一直在狂跳，他只知道自己那天对她说的最后一句话是："再见！"

我问："你有没有抓住这个机会再联系她呢？"

他肯定地说："没有，没有必要了。我知道一切回不到当年。"

那天下班后他回到家里，打开电脑反反复复听多年前听到的一首歌——老狼的《恋恋风尘》，听到那句："相信爱的年纪，没能唱给你的歌曲，让我一生中常常追忆。"他终于湿了眼眶。往事莫追悔，偶尔上心头。

我的酒里都是你

"朱阿"就叫"朱阿",奇怪又独特的名字。不过身边的人喊得随意,那个"阿"变成了轻声,乍一听就是"猪啊"……朱阿欣然接受,她说自己的名字可爱又好记。朱阿是个拥有奇妙能量的女孩,用之不尽的热情,取之不竭的精力和好奇心。性子泼辣,放得开。她绝对是一个任何情绪泼出去就收不回来的人,她不懂收敛,注定是个什么都藏不住的人。

生活里的朱阿是个特别爱热闹的人,闲不住坐不稳,总得找人唠嗑,总想出去走走。这样的性格为她招来了一帮酒友,工作之余时常聚在一起,撸串喝酒吹牛K歌。这些人一汇合就跟过年一样,专比谁的说话声大,谁能带来更高的回头率,谁喝得多,谁的笑话讲得最好。

歌里唱着"孤单是一个人的狂欢,狂欢是一群人的孤单"。他们迷恋狂欢,拒绝孤单。

朱阿能跟这帮朋友混在一块儿,得益于一个叫阿文的同事。阿文跟朱阿在同一个公司不同部门,偶尔能在电梯里碰到,时间长了混了个脸熟,一见面就点头示意,微笑打招呼。人与人之间很奇怪,有些人天天碰面却毫无交集，有些人见第一面你就想上前对他（她）说："嘿，我们好像在哪儿见过。"这应该就是所谓的眼缘。或者，在人群中，我们总能捕捉到跟自己气味相投的人。朱阿和阿文就属于这种。

公司里每天来来往往的人很多，偏偏他俩看对了眼。当然这种对眼不是一见钟情，只是性格像，生活习惯像，爱好也比较一致。在工作的间隙，俩人在茶水间就聊了起来。他们都注意到彼此的一个细节很像，从不喝咖啡、饮料、牛奶等一切饮品，只喝水，白开水、矿泉水，水里什么也不放。有一次阿文问："你怎么不泡点玫瑰花什么的，我看别的女同事每天泡花茶呢。"朱阿拿着手里透明的玻璃杯，笑着说："水里放了别的东西就不好喝啦！你不也一样吗？"阿文看着她笑，笑的时候嘴角一歪，这是他的面部招牌动作。朱阿突然兴奋地说："哎，有没有人说过你长得像余文乐啊？真的好像啊！尤其笑起来的样子！"阿文急着捂住她的嘴："哎！你能不能小声点说话，这是在公司茶水间唉，公共场所懂吗？你大喊大叫会引人围观的。"朱阿这会儿更急，直接就踩了阿文一脚，气势汹汹地说："再捂我嘴试试，信不信我打你！我说话就大声怎样？我又没招谁惹谁！"

这个小插曲倒把他俩的关系拉近了，阿文惊讶于沉闷的公司里竟然还有朱阿这样毫不伪装、从不收敛的女孩，朱阿惊讶于这高高大大的男人怎么连大声说话都不敢，这么害羞。带着对对方的好奇，他们聊天接触的时间越来越多。就这样，朱阿混进了阿文的"酒友圈"，认识了一帮新朋友。周五和周六的晚上是他们最常聚的时间，不用担心第二天有工作，可以胡吃海喝，不醉不归，逍遥自在。

在喝酒这件事情上，阿文挺有天赋，天生酒量好，而且他爱酒，一喝就不肯轻易停下来。这帮酒友一聚会就有人问："今晚有谁能把阿文放倒？"朱阿的酒量却一直是个谜，没有人知道她到底能喝多少。大家一起撸串、吃火锅的时候，吼着要喝啤酒的是她，嚷着要吹瓶子的是她，最早放下酒杯投降不肯喝的也是她。

阿文第一次带她见朋友的时候，那天晚上照例又有人问："今晚谁来放倒阿文？"朱阿一点不怕生，也不怯场地说："我我我！上酒！快上酒！"阿文当时就惊呆了，他知道朱阿放得开，但没想到能到这种程度。这帮朋友一齐拍手叫好，有人立马接话："阿文，你这小女朋友不错啊。这么豪迈！女中豪杰啊！"阿文连忙解释："朋友，她是我朋友，不是女朋友啊，别乱说人家姑娘。"这么豪迈的开场并没有为朱阿赢得大家的钦佩，因为她三杯啤酒下肚就不肯喝了，一个人跑去厕所吐得死去活来。回来后她红着脸逞强地说："刚去厕所尿了，啤酒长肚子！"有人问她："还喝吗？看样子没喝好啊？"朱阿依旧不改嘴硬的习惯，她说："姐能喝，但是今天状态不好，不好意思啊各位，下次再陪大家一醉方休。"阿文特别不识趣地说："再喝点怎样，今晚这么开心，多喝一点更开心。"

后来，他们一周一聚，不过朱阿好像每周喝酒都不在状态，理由也千奇百怪，一开始说："大姨妈来了，不能喝多。"之后的理由有：烧烤太辣了，辣得嗓子疼，喝不下酒；吃太油腻了，喝酒喝多了想吐；胃病犯了，怎么能多喝酒……朋友渐渐对她的酒量失望了，她倒是一直保持勇猛的状态，一见面就问："今晚的酒呢？赶紧上桌！"后来有一次阿文受不了她了，当着众人的面质问她："你既然胃疼干吗跑出来乱吃乱喝啊？你好好在家里待着啊。头一次听说胃疼的人还吃烧烤，还吃得比谁都多。要你多喝两杯酒你就胃疼了，吃肉的时候怎么不胃疼啊！"朱阿的脾气怎么受得了这样的质问，拍着酒桌子就大吼："我吃吃喝喝要你管！我吃你家肉啦？你能喝了不起？我告诉你，我也能喝！比你能喝！你给我等着。"说完拿起手边开好的一整瓶啤酒，直接咕咚咕咚喝了起来，这是吹瓶子的节奏。众人被吓住了，这是实打实的女汉子。

不过自打那以后，朱阿不太乐意跟酒友们聚了，她总说要跟阿文单独喝。阿文挺配合，两人那段时间去了很多家大排档，每次要十二瓶啤酒，这是俩人的标配。不过，不是平分，还是阿文喝得多，朱阿一般坚持喝三瓶就不肯喝了。他们喝酒的日子里聊过很多，感情经历、工作烦恼、生活压力……阿文喝了酒之后话很多，他会特别坦白地跟朱阿说起自己的旧爱新欢。他说自己交往过的女朋友都有个共同特点，留着一头长长的卷发，比较妩媚的类型。他的嘴里会蹦出一连串的形容词：性感、女人味、成熟……他对自己的情史津津乐道，朱阿不屑地说："俗！眼光俗！最看不得你这种俗气的男人。"

朱阿不喜欢太妩媚妖娆的女人，她喜欢的是透着一股子英气的那种类型，要率性，也要帅气。不矫情，不做作。于是时常在阿文面前哼曾轶可的《狮子座》："短发女人也可以性感和可爱……"

阿文生日，请朋友K歌，酒过三巡之后，拿着话筒第一句话就是："我今天要听朱阿完完整整地唱一遍《狮子座》！"朱阿哪会轻易答应，她有条件："我唱了，你就要回答我一个问题。"阿文爽快答应。朱阿特认真地唱了，这是她第一次完完整整地唱这首歌，有点跑调，唱完自己忍不住哈哈大笑，包间里的朋友也一个个笑得东倒西歪。奇怪的是阿文出奇的淡定，他盯着手机屏幕发呆。朱阿拍了两下阿文的肩，阿文抬起头，突然在朱阿的耳边说："你知道吗？你刚刚唱的《狮子座》，我用手机录了一段，发给我前女友了，她以前也爱唱这首歌。她今天一大早就给我发微信祝我生日快乐，分手一年半了，她还记得我生日。你唱这首歌的时候，我很想她。"包间里的音乐声很大，阿文轻柔的声音在朱阿耳边说着这些话，周遭环境再嘈杂，朱阿也听得很清楚，一字不落。

朱阿突然拉着阿文要走出包间，阿文迟疑了一下，朱阿拽得紧紧的，有人起哄："表白！在一起！"朱阿拉他走到一个楼梯的转角处，来到这个安静的小角落，朱阿才开口说："你知道吗？你这个人最大的毛病就是诚实！太诚实！你可以不告诉我的，你不用跟我说你前女友，你不用跟我说你那些情史，你不用告诉我你又想谁了，我不一定有兴趣听的。你让我唱《狮子座》，我就唱，这是我自己喜欢的歌，跟你什么前女友一丁点儿关系都没有，你瞎扯什么！"阿文冷冷地回了句："当我没说。"朱阿估计没想到阿文的反应如此淡定，她不太罢休，继续说："你还欠我一个问题呢，让我问吗？"阿文说："问吧。"

那天晚上，朱阿什么也没问，一个人先走了，连一句"生日快乐"都忘了跟阿文说。她后来也诧异自己那晚情绪波动怎么那么大。还好，后来阿文没再提生日那晚的事。两个人一切照旧，一起喝酒的时候阿文还是话多，情事一箩筐。朱阿挺好奇，问："你是不是忘了你生日那晚我跟你说的话啊，你的陈年旧事，我并不一定感兴趣，我并不想听。"阿文说："不好意思，我忘了。"朱阿说："你故意的，故意刺激我！"阿文冷不丁来一句："你别忘了我们不能办公室恋情，你千万别对我动感情。"朱阿也学着阿文冷冷的语气说："你想多了。"朱阿转身要走，阿文突然问："我生日那晚，你到底想问我什么？我等着你问呢。"朱阿说："现在不需要问了。"

第二天，在公司茶水间两人又碰面，为了避免尴尬，阿文冲她笑了。朱阿看着手里的水杯，突然感慨着说："我们俩第一次搭上话，就是在这里，你那天也是这样冲我笑，嘴角歪着，像余文乐。

我当时就想，这男人不老实。"阿文说："不过，我可从来没对你不老实过哦！"

是啊，他从来没有对她不老实过，一点可能性都没有。一星期后，朱阿辞职了，离开了这座城市，没有跟任何人告别。她本就是这座城市的漂泊者，这一走，好像跟这里再无瓜葛。她的父母已经在老家那座小城给她觅到一份安稳的工作，几经争取，终于落实，她不能再辜负父母的好意。她终于要结束漂泊的生活，若要说舍不得，她最不舍的是留在这里的那些不醉不归的日子，以及陪她不醉不归的人：阿文。还有，这段放在心里，无疾而终的感情。

那些与朱阿喝过酒的人，那些对朱阿的豪爽大加称赞的朋友，其实他们并不知道，在认识阿文以前，朱阿滴酒不沾。喝酒，不过是与阿文拉近距离的一种方式。

朱阿一直没有问出口的问题是：你到底有没有，爱过我？

阿文一直想说的是：如果我喜欢你，你应该也不会跟我在一起吧。

他们一起喝了那么多次酒，终究是没有勇气说。所以，别信酒后吐真言。若真不想说，喝到昏天暗地也不会说。

从一开始，他们都没期待过会有结果，所以分开后连遗憾都没有。

回到老家后的朱阿，再不碰酒，收起了过去性格里的张狂和晃荡。自此之后朝九晚五，起居有节，早睡早起，日子过得四平八稳。过去那些今朝有酒今朝醉的日子好像已经离她很远，没有人再跟她提起，她也不再有眷恋，只有偶尔从娱乐杂志里看到余文乐的八卦新闻时，她会想起那个习惯性歪着嘴角笑的，叫阿文的男人。

第二年阿文生日那天，朱阿给他发了条短信："补给你一句去年没说的生日快乐！想要告诉你的是，喝酒本身不重要，重要的是跟谁喝。我一直觉得酒是世界上最难喝的东西，直到遇见你。你教我喝了人生中第一口酒，现在我戒了。再见。"

这世上，有一部分人是真爱酒，比如阿文，嗜酒如命，天生海量。还有一部分人，只在意跟谁喝，比如朱阿，一喝就醉，一醉方休。

每一份平凡的小幸福都值得被歌颂,因为不是每个人都能拥有。

你说,

海是天倒过来的模样,

我是你心里的样子。

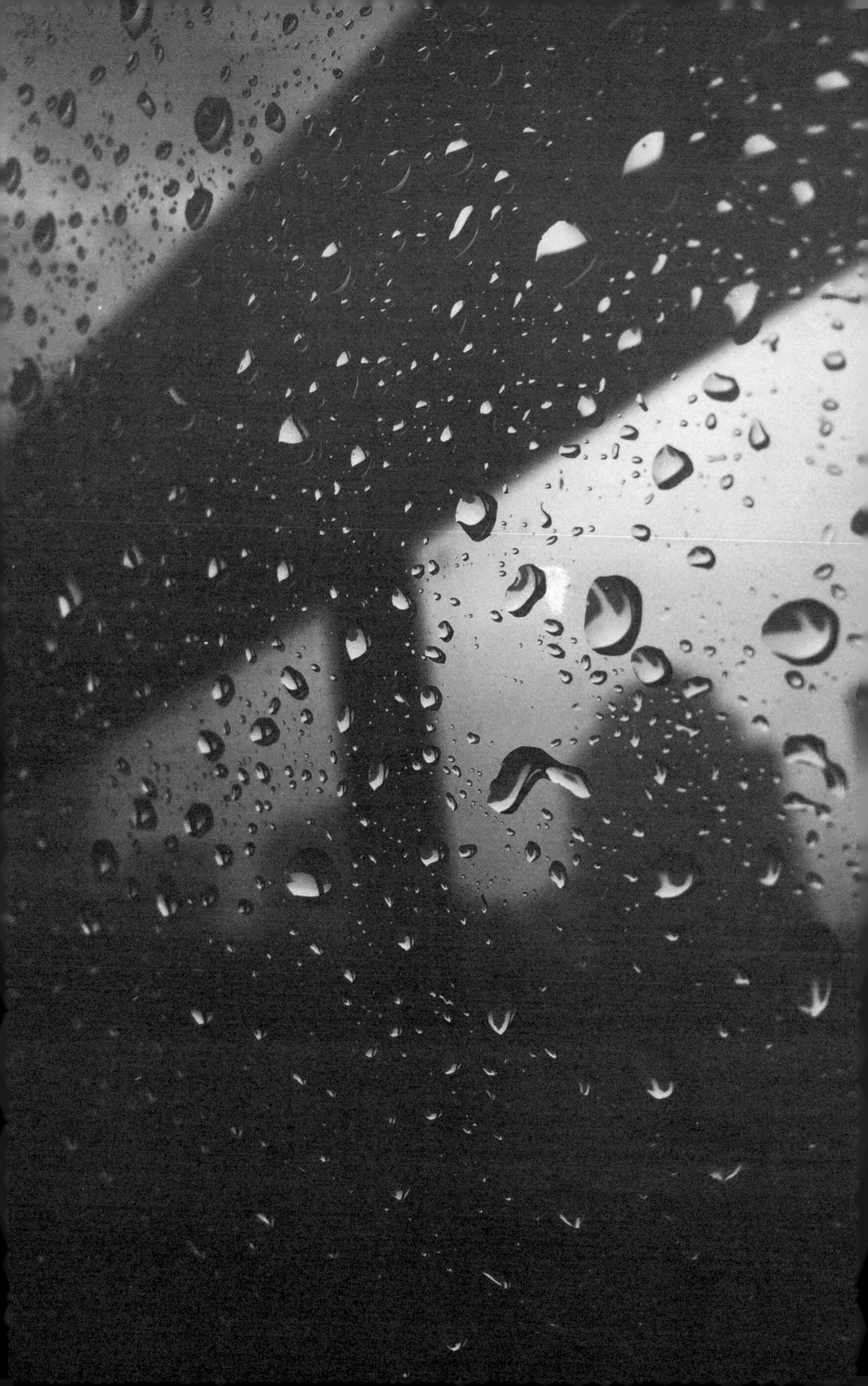

这座城市里每天上演着热闹非凡的故事，
有没有一个故事属于安静行走的我？

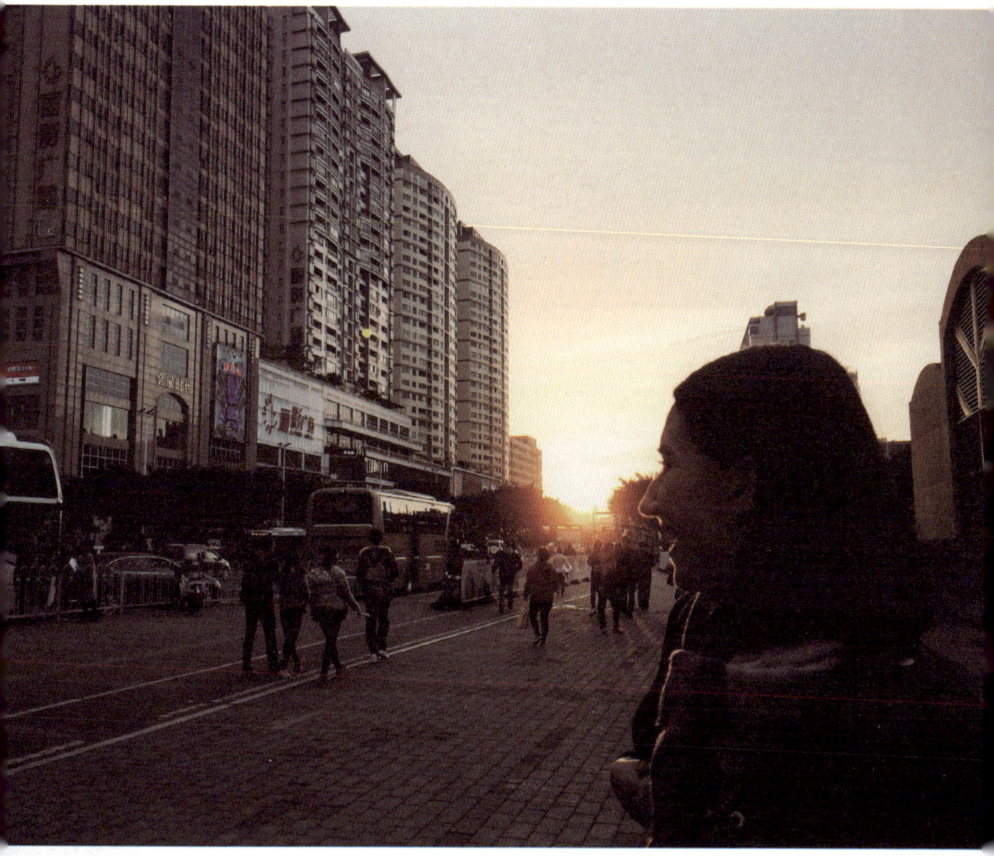

你在 〰〰〰
不怨的世界里
〰〰〰 成了
更好的自己

爱我，

你也

不容易吧

第二辑 ——
CHAPTER TWO

爱不是一个人的飞蛾扑火

她与男友是高中同学，在彼此都青涩的年纪里相识。本不知爱情为何物，相处长久后，初尝心动的滋味。那是初次的尝试，于两人而言，若隐若现的爱恋就像是捧在手心的水晶，无比珍视。互相喜欢，彼此暗示，得到回复，很简单地，赢得了一个肯定的答案。他们在心里暗暗对自己说："这就是谈恋爱了吧！不能被老师知道。"

没错，是偷偷的，却也是有趣的、新鲜的、快乐的。上课偷偷递过小纸条，为对方互带过早餐，中午相约去吃饭，放学一起走，却又故意相隔两米的距离，不能被老师和家长发现。他们小心翼翼却又暗自欢喜。第一次牵手，第一次亲吻，第一次一起去周边的小城一日游……每一件小事都被赋予了特殊的纪念意义。那时年纪太小，心也很小，只够装得下眼前的人和共度的每一天，心里满满的，眼前的世界很小很小。

在枯燥、乏味、压抑的学习生活中，他们有了彼此，也就有了慰藉。两个人都前所未有地努力学习，他们的想法很简单：只有共同考上同一所大学，未来两个人才能一直一直在一起。这份感情成了他们努力的动力，他们的心里有个声音：用功读书，一起离开这里。

未来想想都美好：离开这里，去一座全新的陌生的城市，去一所美丽的大学，他们能够获得自由，可以想牵手就牵手，想在一起待多久就多久，光明正大，再也不用躲着老师和家长。未来，他们都可以长成大人，选择自由，生活自由。

"未来"就等于"自由"。

他们拼尽全力，不敢有一丝懈怠。两个人的前途紧紧连在一起，高考是他们唯一的出路，一旦失手，恋情可能就没有了继续维持的可能。有一天晚上她熬夜太过疲惫，怎么都记不住历史课本里他给划好的重点，无奈之下把书狠狠扔在一旁，洗漱睡觉。那一刻，有想要放弃的冲动，何必这样逼自己？她本就不是个能安心学习的人。第二天中午，他照例检查她背书的情况，她不耐烦地说背不出来。他把历史书摔在地上，情绪不受控制地凶她，朝她大吼道："你知不知道你的懒惰会害了自己！你这样怎么考得上大学！你再这样懒下去就完了，我不想管你了！"

她捡起书本，看着发怒的他，眼泪湿嗒嗒不断地往下掉，一句话都不敢说。那一刻，她突然很怕他，就像怕一直管教自己的老师和父母；那一刻，她自信全无，觉得自己完了，眼泪把历史书浸湿，她任由眼泪不停地流，释放这么久以来的压抑。等两个人的情绪都稳定后，她擦干眼泪，从抽屉里取出模拟试卷，接着做题。坐在后面的同学拍拍她的肩膀，她转过头去，那位同学对她说："其实，你挺幸福的，有个人这么在意你，他像你爸爸一样管教你。"

那时，她是真的觉得幸福，哪怕时常觉得高考的压力让人窒息，喘不过气，心里也有一股强大的力量在拉着自己。

高考前一天，他们约定高考这两天不见面，两个人安安心心、专心致志地考试，不影响对方。第一天考完出来，她坐公交车回家，坐在靠窗的位置突然看见他在路上走，他表情凝重、严肃、皱着眉头。

她不敢联系他,不敢去问他考得怎么样,试图从他的表情里揣测他的考试状况,她心里一紧,不断问自己:"他脸色这么难看,是考得不好吗?那怎么办?"

等待分数出来的日子是折磨的,他们约出来见过一次,在江边,风很大,吹得人心里更乱,两人都不敢确定自己这一次能不能如愿上本科。他们互相抛给对方一个问题:"这一次如果考不上,我们怎么办?"谁都没有答案。

还好,两个人都考上了目标之内的大学,只是并不在一座城市。一年的时间他们只见过三次,每一次相见的时间是两天。他们在不同的城市里共同维护这份来之不易的感情。毕竟,不是每一对中学早恋的情侣都能像他们一样共同努力考大学,然后继续在一起。中学那几年难能可贵的坚持成了他们大学第一年继续坚持的理由。前两次见面,她坐火车,在深夜抵达他的城市,一出站,他走上前来接过她的行李箱,她马上紧紧抱住他,什么也不说。他摸摸她的头,腼腆地说:"小傻瓜,也不怕别人笑话。"他带她去那座城市的闹市,吃便宜但可口的小吃,她一边吃一边给他讲自己大学里的趣事;他带她去逛公园,她在林荫道里闭上眼睛深呼吸,缠着他给自己拍很多照片;她临走前在人来人往的火车站里哭泣,他帮她擦眼泪,疼惜地说:"小傻瓜不许哭,你要学着自己长大,你怎么还是那么能哭?"

他们在一起的那三年里,她的眼泪好像取之不尽,被他骂的时候哭,被他感动的时候也哭,分开后想他了就哭,见面了抱着抱着就哭,临到要分开时还哭。

分开的时间长了,不知从哪天起,她就等不到他的电话,也收不到他的短信了。她二十四小时开机,手机一响她就欣喜,可通通都不是他。她终于忍不住，打电话过去问为什么。得到的理由很敷衍："没什么事有什么好联系的？我挺忙的，手头上的事太多，忙忘了。"再到后来，她变成了哀求，求他主动联系自己，哪怕每天一条短信也好。他也变成了无奈的哀求："求求你别整天缠着我好不好？我很忙，你也要有你自己该做的事，你在大学里多接触新的人，多参加一些活动好不好？你要学会独立，别天天就只知道给我打电话。"

直到某天夜里，她给他打电话，他没接。她忍不住在QQ里问："你是不是不喜欢我了？"他回："喜欢，只是，我们暂时不要联系好不好？我想一个人静静，我们分手好不好？"她不断发："为什么！为什么！为什么！"她没有做错什么，为什么就要分手？他说："我现在就想一个人安安心心奋斗，为自己的以后努力。你知道我家庭条件不好，我们在一起只会拖累你，你明明可以在你的身边找到更好的人。"她发疯一般回复："我不要！我不要！我不要！我不要别人，只要你！我不怕没钱，我也没觉得你拖累我，我不要大富大贵，我只要我们在一起！"那一刻，她心里只有一个声音：不要分手。

可还是分手了，对方留给她的话是："我知道你好，所以我暂时不能拖累你，我们只是暂时分手，相信我，等我努力做出了一些成绩，我会再来找你。"他们没有见一面，没有通电话好好交流，只是通过这看不到表情听不到声音的文字，就仓促地结束了两个人的关系。分手的那个夜里，两个人都失眠了，都握着手机不停流泪，然后互相给对方发出消息："不许哭，我不要你难过。"

那时他们是真的相爱吧。疼惜对方，愿意所有的负累和委屈都自己承受，别让对方难过。可纵使相爱也还是分手，甚至没有理由。她的心里还有一丝希望："他还爱我，他只是暂时放弃了，他说过还会找我，我要等着。"

旁人询问他们分手的理由。

因为异地恋，不在一座城市？不是！

因为他耐不住寂寞找了别人？不是！

因为分开太久感情淡了？不是！

……

她不断地解释，不断地说："不是！我们之间不是你们想的那样，我们感情没有因为距离而变淡，反倒越来越深，我们还是那么相爱，他更不可能找别的女孩！"

可是，到底是什么原因呢？当事人都说不清。她觉得，他或许有不得已的苦衷。

让人失望的是，分手后不久，他有了新的女友，在身边的。最后一次见他，是他们分手半年后，她去他上大学的那座城市见一位朋友，那位朋友好心把他也叫出来，他们见了一面，坐了半个小时不到她就主动离开了。那一次，她发现他看自己的眼神有着前所未有的淡漠，像面对一个陌生人。毕竟曾经相爱过，她太了解他，真的是不爱了，不用再求任何解释。

后来，一位高中同学问她："你们以前在一起有三年时间吧？"她淡定地说："是三年零一天。"那语气里，听不出是伤感、遗憾、难过，还是不舍。

总之，她很平静。用了整整两年时间，与过去握手言和，不爱也不恨。

这故事，可能跟大多数失败的异地恋案例都类似。大家总能在别人的故事里找到自己的影子。今天，听好友提及一个朋友。

一个女孩跟男友相恋十二年，男友去了部队后，他们一直是异地恋，由于男友的工作性质特殊，他们一年见一次都是奢望。可这女孩依然很坚定。她对男友做出承诺："只要我们在一起，只要得到你肯定的答案，我就去你所在的城市重新找工作，我跟随你，你在哪里，我去哪里。"可她并没有等到男友肯定的答复，等来的却是分手的消息。男友说："我依然爱你，可是我不能拖累你，不能继续这样耗着你，你明明可以找一个在你身边的、对你好的人。你别等我了，我们分手吧。"

女孩觉得男友是疼惜自己，希望自己能有更好的生活，更稳定的爱情，所以才会忍痛割爱放弃这段感情。她遗憾、惋惜，好像一直捧在手心里的一个属于自己的宝贝硬生生地被摔碎。

她沉浸在这样的遗憾里，直到最近她听说了关于他的消息。那位相恋了十二年的前男友，与自己分手后不久，很快有了新的女友。面对前段日子突如其来的分手，她是伤心的、痛心的，而得知这个消息后，她只剩下了死心。

听说，她大病一场，病愈后情绪平静，寒心彻骨。

故事中的两个女孩，她们分手之初依然会对失去的感情抱有期待；她们对那些"我希望你过得更好，我不想再拖累你"这样的话坚信不疑；她们深信对方还爱着自己；她们相信只要愿意等，那个人还会回来。只是时间不会骗人，用不了太长时间事实就会让你死心。

不过，你信吗？如果你真能抚平过去那段感情在你心里留下的创伤；如果你还有勇气接受更成熟稳定的感情；如果你的心里还能留出一个干净的位置给一个新的人；如果，你愿意……你一定会幸福，比过去更幸福。

或许我们偶尔会感叹，还是青春时候的感情更美好，还是年少时候的恋人最单纯，还是回忆里的东西最值得留恋。但当你变成了更成熟的自己，遇上了一个更好的人，你们能够用更恰当的方式共同经营一份感情的时候，你才懂得什么是"可靠的爱情"。可能你时不时也会感叹这个人不如你记忆中的那个他足够让你疯狂，可不得不承认的是：这个人，他给你的无论是精神上还是物质上的安全感都是你过去不曾体会到的。他让你丢掉了那个在感情里一味傻傻付出、伤痕累累、满心疲惫的自己；让你感受到了什么是平淡日子里的长情和陪伴；让你明白了真正的雪中送炭，也实现了真正的锦上添花。

一个人每一段时期经历的感情都是不同的，所以没有必要拿来比较。毕竟，青春日子里的刻骨深情值得留恋，成年后的平静温情也值得珍惜。年少岁月里遇上的少年值得回忆，长大后生命里出现的男人也值得善待。

第一个故事中的女孩，她现在温暖幸福，有一个成熟的、疼爱她包容她的男友，她不用再担心会不会又等不到他的电话，她体会到了爱里的温存，她更懂得了感情需要两个人的争取和经营，她终于不用再单方面小心翼翼去维系一份感情。

第二个故事中的女孩，她的身体大病初愈，她的心还在慢慢愈合。至少，她已经能更清醒地认识已经失去的那段感情和离去的那个人；她已经能平静地说出那些让她揪心的事。她愿意迎接新的一切，她会好好的。

听过身边人的一些故事，最近有了总结：在感情里，好像女人总比男人更勇敢。对于大多数女人来说，恋爱大过天，所以她们在面对感情出现的问题时，总是特别勇敢，迎难而上，甘心解决，飞蛾扑火一般。而对于大多数男人来说，总是还有一些现实因素制约着他们在感情里的付出，有太多顾虑和考虑，所以迟疑，犹豫，甚至放弃。

不过，这个总结或许太绝对。更确切地说，一段感情里，谁爱得更深更纯粹一些，谁就会更勇敢一点。爱情里的疑难杂症太多了，两个人想要越过困难和荆棘，修成正果，得经历多少磕磕碰碰、分分合合啊。所以，困难不可怕，对方不愿跟你一起面对才可怕。

如果有一个人，愿意陪你共同面对，与你一起解决感情里那些纷繁复杂的问题，别犹豫，好好跟他（她）在一起！

后来，我们都懂了：真正的爱不是一个人的飞蛾扑火，而是两个人的携手前进。

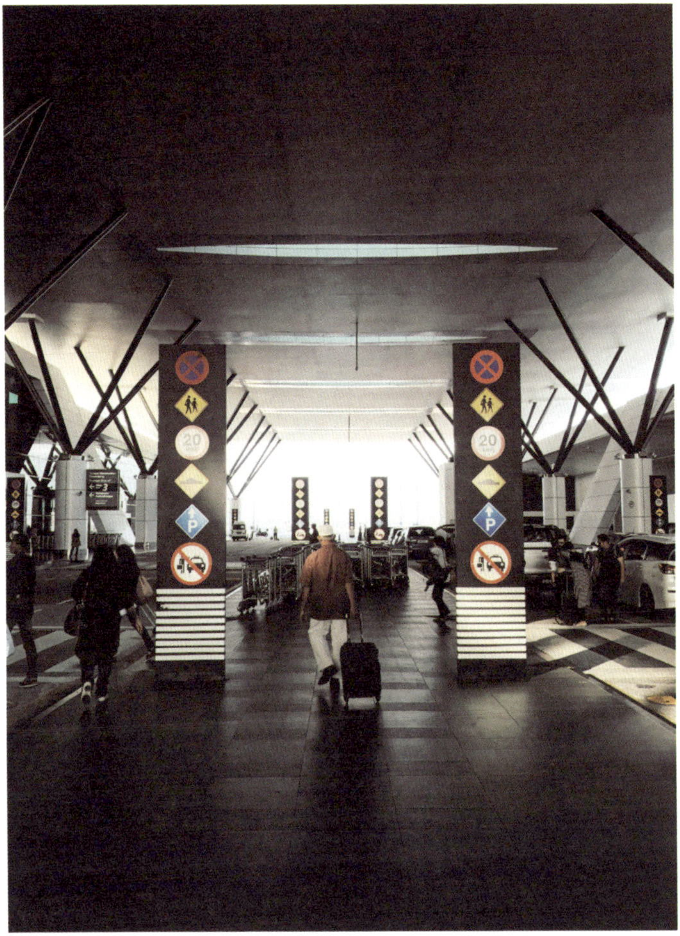
20
20

熟悉的地方，怀念的场景，想起的人，念旧的心。

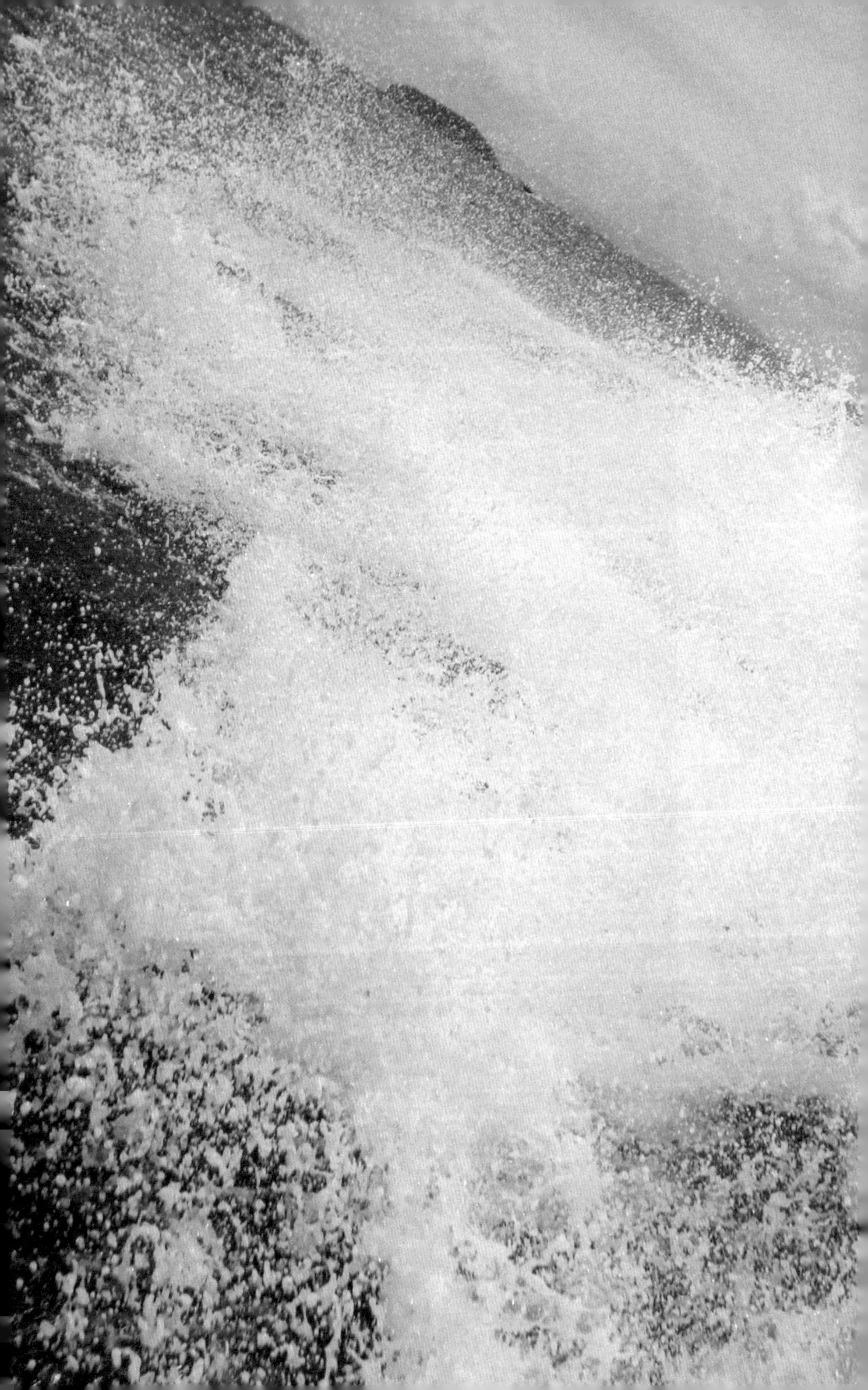

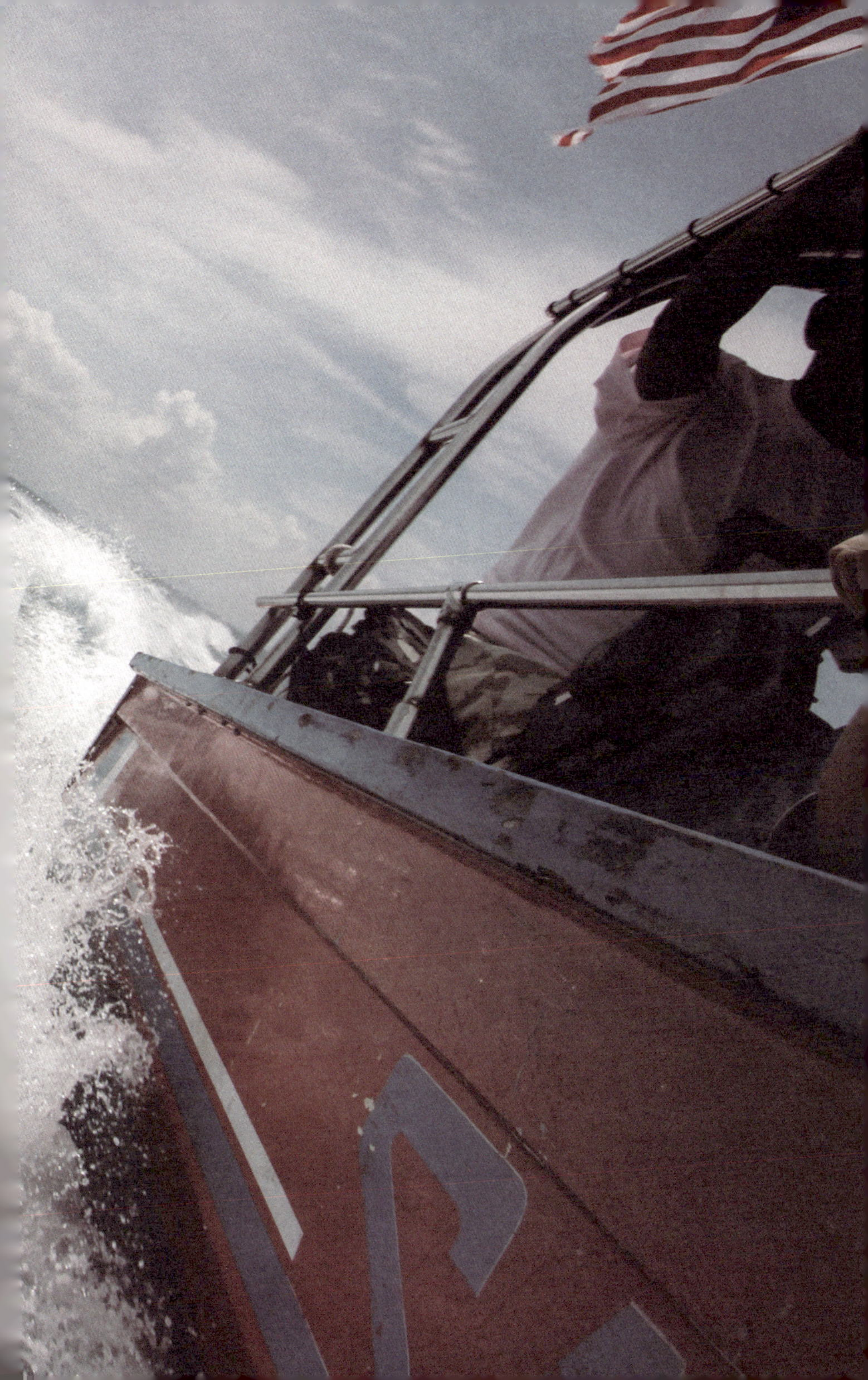

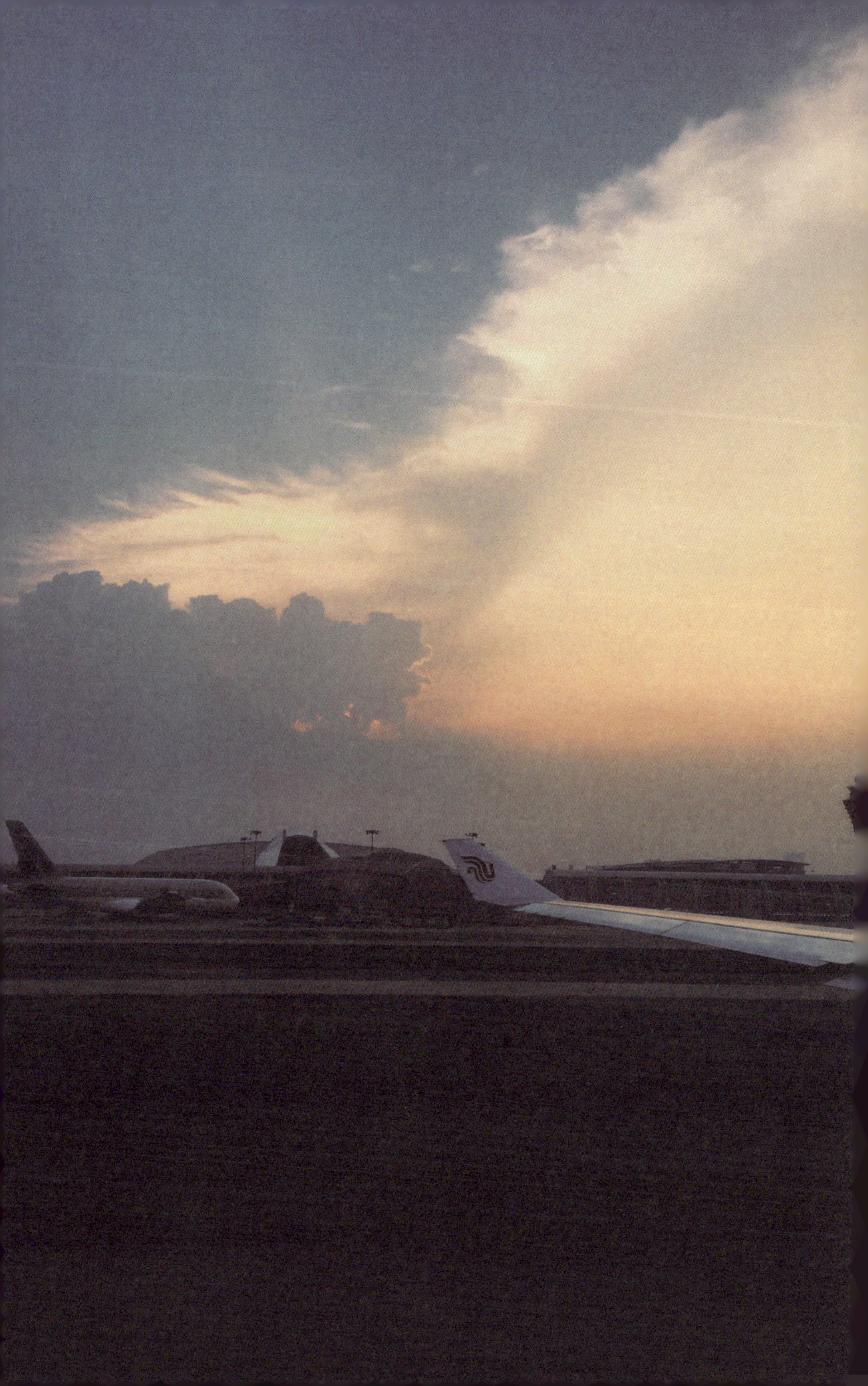

我怀念,

那些再也回不去的黄昏。

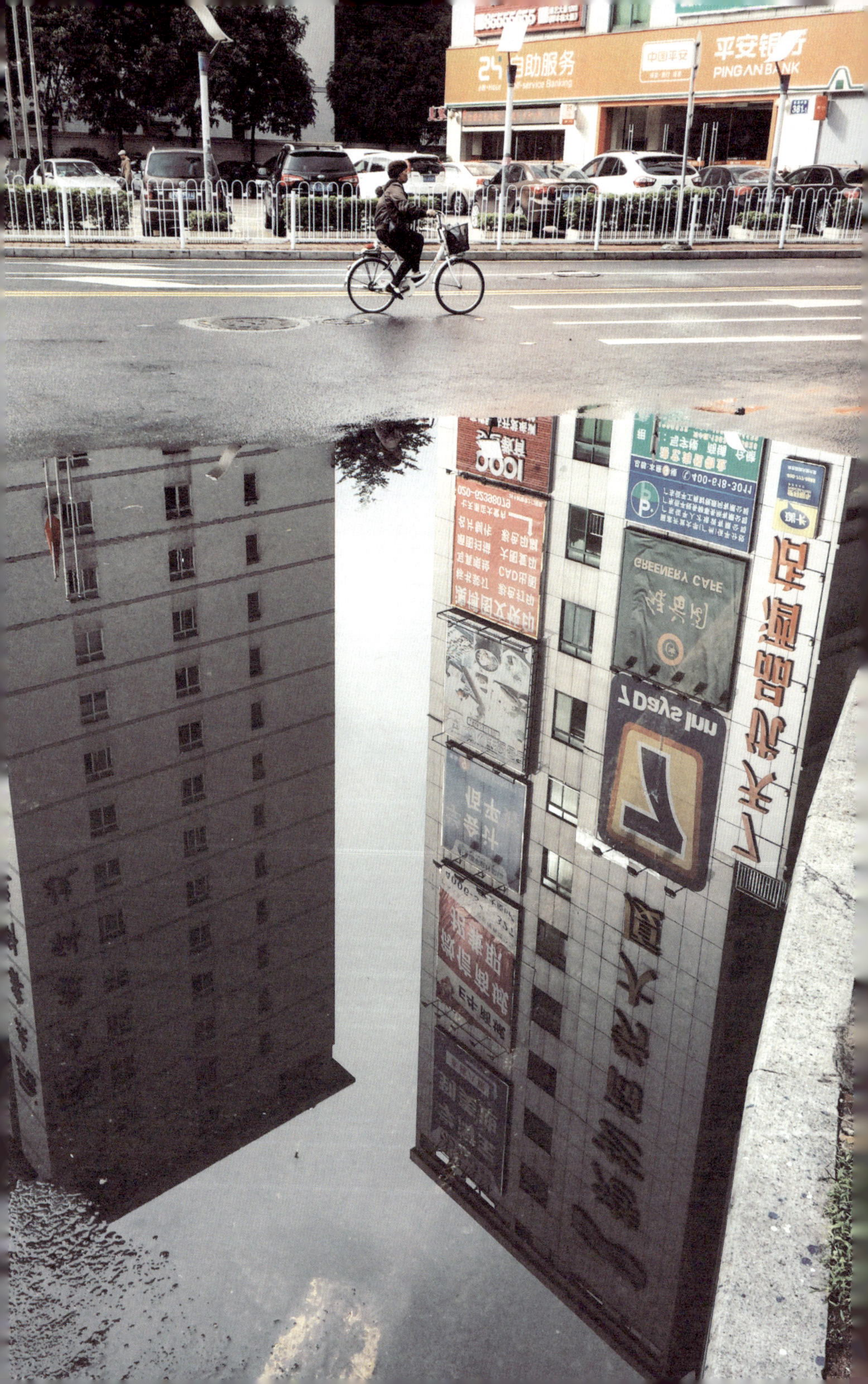
自助服务
中国平安
平安银行
PING AN BANK

纵使情深刻骨,

可时间让它薄如纸,淡如水,离去如风。

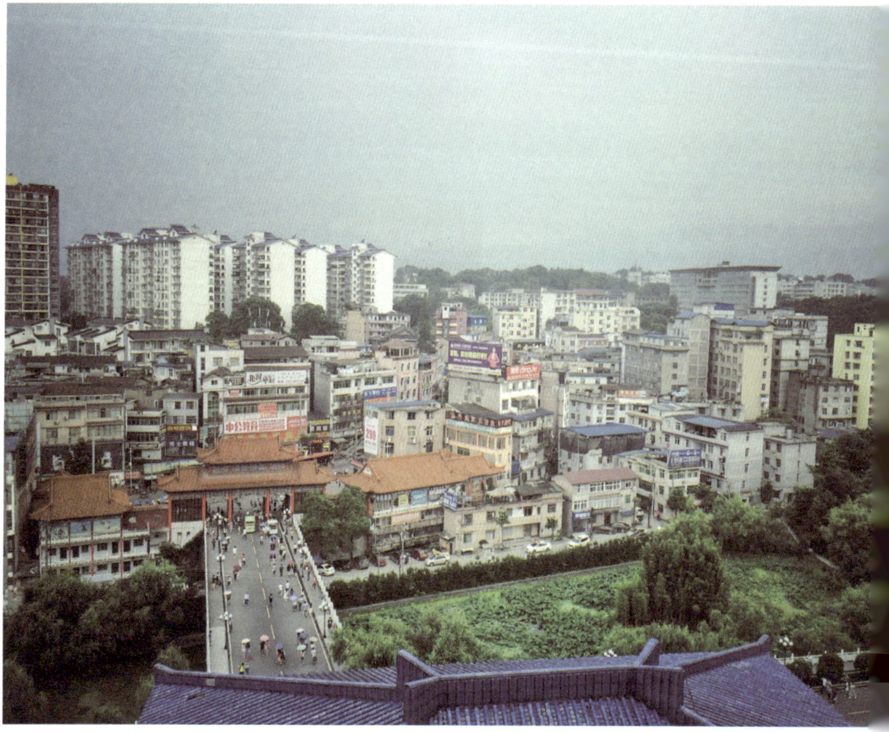

你脸上的自由与孤傲,是我苛求的梦。

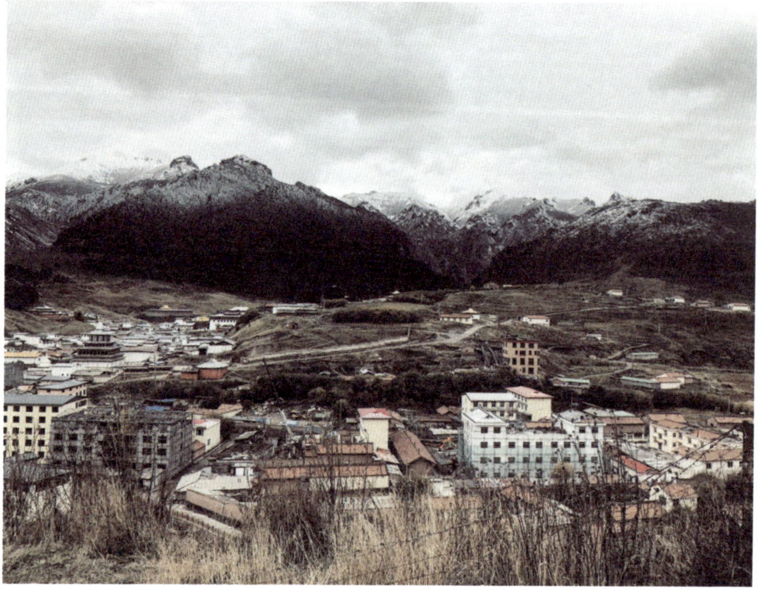

梦因为遥远才美，人因为距离可贵。

跋山涉水停留驻足，兴许是寻梦，又或者是找自己。

窗外的风景每天都在变,

希望与你一起看,不会厌。

我想和你好好的

答应她为他们三年的感情写个故事,想了想故事的名字,觉得跟那部电影一样《我想和你好好的》,写完却还想在这句后面加一句"爱我你也不容易吧"。愿我们都少点遗憾,懂善待,要珍惜。

2011年他们相识于网吧,有一点俗套的开始。女生那个时候闲着无聊,去网吧做了网管兼职,男生常去那家网吧。网吧里平时找她闲聊的人特别多,那些常客大多爱找她搭讪,唯独那个男生。出于好奇,女生忍不住去问别人笨笨的一句话:"那个人为什么不理我?"直白的一句话让很多人误以为女生喜欢上了他,其实那时并没有。后来,就有了身边人刻意的撮合,你来我往间,就这样在一起了。

那个时候女生在上大学,男生从部队退伍回来不久,已经上班。一年后女生毕业,她不想跟男友分开,终于说服家人,没有选择回家,就留在了上大学的城市工作。他们在外租了房子一起生活,有了一个属于两个人的小家。

本以为跟所有俗套的爱情故事一样,他们会这样安心生活,平稳工作,过两年就结婚。可事情总有变数,爱情总无定数。2014年,他们与家人商量,打算买房,为结婚做准备。可就在买房的过程中,所有现实的问题扑面而来:房产证上的名字、双方家长的意见、两方的分歧、不停的争执、伤人的言语……似乎能从电视剧里看到的小情侣买房的纠结、争吵在他们这儿都如实上演。

终于走到分手。

女生从他们一起住了两年的房子里搬出来。分手后不久,女生跟我说了他们这几年的经历,难得的是,她很平静。她对我重复更多的是男友的好。她说:"除了我父母外,我真的没有跟一个人一起生活过这么长时间。他当兵回来,是个特别单纯的人,特别会照顾人,他包揽了所有的家务,把我们的屋子收拾得干干净净。所以这几年我一直在生活上依赖他,他什么都能包容,很细心。我知道是我太任性了,每一次都是我发脾气,他又会把我哄开心,我之前太不懂得珍惜他的好。我们以前也闹过很多次分手,气消了我们又好了。可是这一次是真的闹得严重,我真的让他失望了。他说他这几年来,真的累了。"

她给我传来他们甜蜜时的合照和微信聊天的截图,一连串的甜蜜,再想到他们面对现实的问题后给彼此的伤害,心里一冷,总觉得那些合照很刺眼,曾经的蜜语甜言很讽刺。

现在,女生还是会时常回到他们曾住的房子里面,给男生收拾屋子、洗衣服、做饭,而这些,都是以前男友为她做的。他们依然会坐下来一起吃饭,只是一言不发,只字不提和好。她对我说:"我现在是真的体会到了他的好,我是真的想对他好,他刚刚买了房子,他工资不高,我想跟他一起还房贷,一切都跟他一起分担,我是真的想好好跟他在一起。"

那天在电话里,女生跟我说了很多,我印象最深的,是她不断问我:"你觉得我们还有和好的可能吗?"我有点近乎无情地回答:"听了你说的他现在对你的态度,我觉得不可能了。"我说的是实话,从旁观者的角度,我能感觉到男生累了,也怕了。感情里面特别可怕的就是"累了",累到想休息,哪怕他还爱,还舍不得,可是他疲惫不堪,爱不动了,宁愿一个人痛苦难过煎熬,但至少轻松了,再也不用为这段感情负责了,再也不用为这个人付出了。男生最后说的是:"算了吧。"后来我对她说:"你们就算和好了,可能也找不到以前相处的感觉了吧。"以前你爱闹,他愿意包容;现在你不闹了,只是他也不愿奉陪了。你变得再好,他没有心思和力气了。

她给我打电话的第二天,我看完了那部赚了很多人眼泪的电影《我想和你好好的》,这是真实的故事改编成剧本拍摄的。我下意识地就想到了他们的经历。都是从一个俗套的相遇开始,有了甜蜜的发展,到后来误解、争吵、厌倦、离开。其实谁都没有错的,本来觉得女主角太无理取闹不可理喻,可听到她说的那句"我就是控制不住我自己"时,我是真的难受了。太在乎一个人,爱就容易变成伤害,把对方推开。

这世上雷同的故事那么多,所以才有了感同身受这个词。一切的开始都是因为"我想和你好好的",可所有的结束也因为这个念头太过强烈。可能时间消磨了你们所有的耐心和信心,唯有分手和离开是最好的结局,用怀念的方式在对方心里存在。于是有了《后来》里唱的:"后来,我总算学会了如何去爱,可惜你早已远去,消失在人海。"也别再俗套地扯出周星驰的电影台词:"曾经,有一份真挚的爱摆在我面前我没有珍惜,等到失去时才后悔莫及。"

宁愿哭着怀念,也不愿笑着再相拥吧。但愿慢慢做到握手言和,记住的只有彼此的那些好。故事总是不完满,反复念着的是莫文蔚的那句歌词:"爱我你也不容易吧。"

他们积攒了很多相爱的细节,最后却败给了三言两语的怨言。无数的你们,也是这样吧。

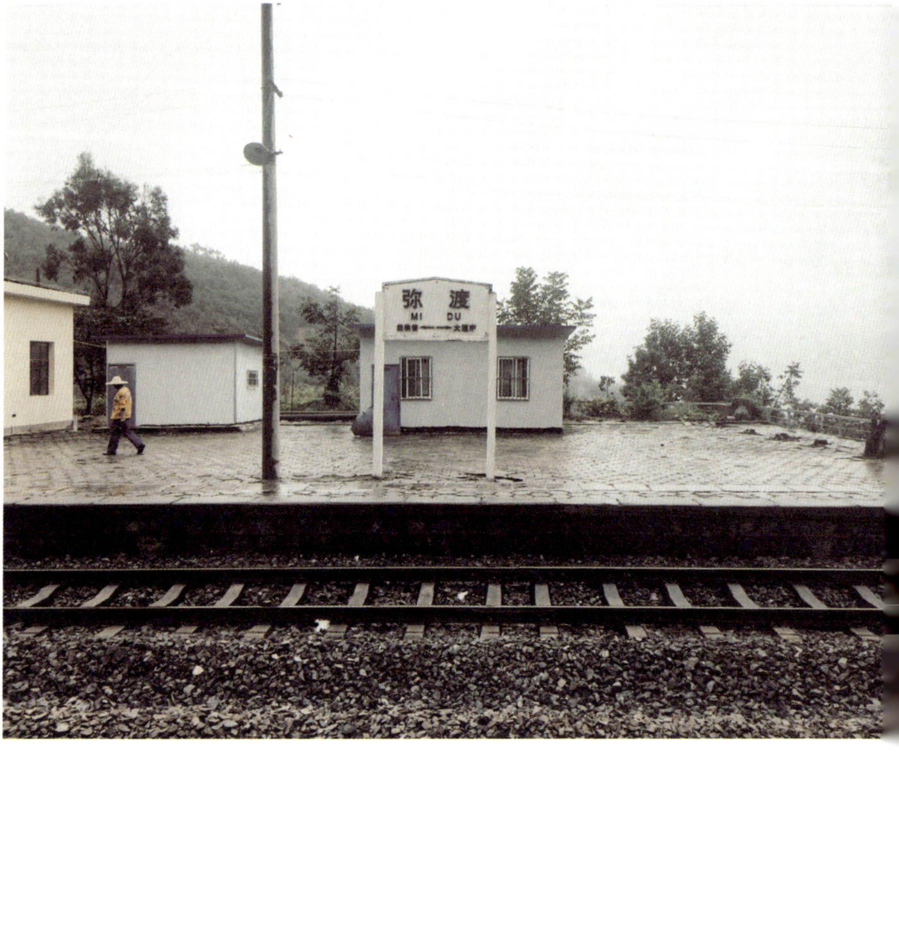
弥渡
MI DU

那时候,

木头桩子一般的我一块一块地松落,

有血有肉有汗有泪,

饱满充盈。

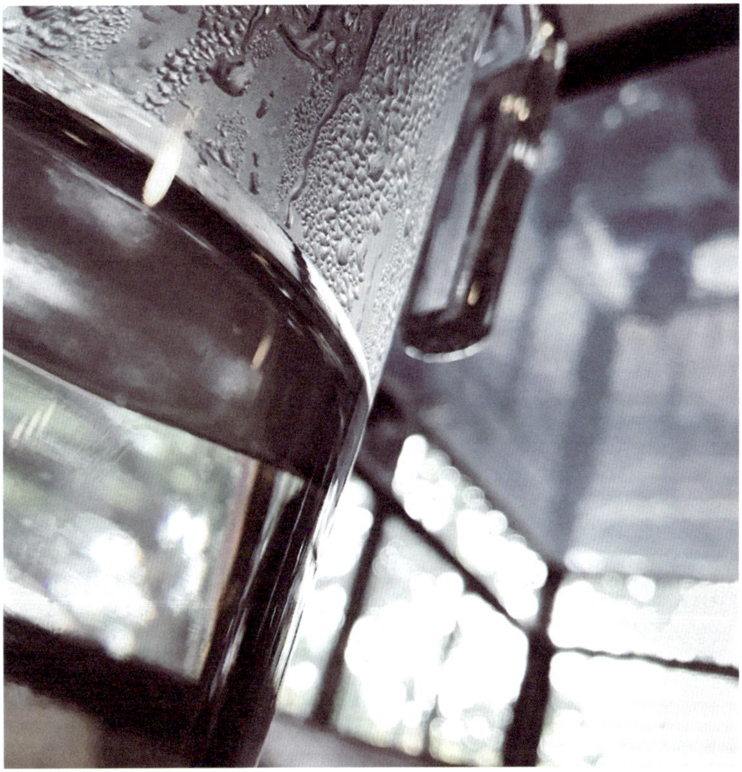

很多个难熬的时日，无眠的深夜，

陪伴我的都是那句"但愿你以后每一个梦，不会一场空。"

我想微微轻碰那时的心,
跳跃的灵动的曼妙的。
想离它再近一点,
或者,
留驻在那天。

要为自己保留几分

小白记得很清楚,她与她深爱的那个男人——已经成为她前男友的这个人,相识于2010年4月26日,他们通过朋友介绍认识。小白说,最开始的时候其实知道小宋并不喜欢自己,但自己对他有好感,一直不敢说,后来是在小宋的暗示下,自己才终于卸下了盔甲,决定好好跟他交往。小白跟我说过一句话:"哪怕他一开始不是太喜欢我,对我的感情不深,但只要我好好爱他,对他好,人心都会被焐热的。"我一直把她这句话记得很清楚,她的想法就是这么简单:把爱的那个人的心焐热。

后来,他们在一起了,小白结束了自己原本漂泊不定的生活,跟着小宋去了广州,在那里,他们租了房子,有了一个属于他们的小家。小白很小的时候就失去了妈妈,十几岁就一个人漂泊在外,独自在异乡生活,她一直都没有家的概念,也几乎没有体会过所谓家的温暖。所以到了广州之后,小白把他们租住的那间小屋当作家,把这个男人当成了自己唯一的依靠。小宋对她说:"我们要好好为以后的美好生活奋斗、打拼,要在广州拥有富足的生活。"就是小宋这样的话,小白几乎是豁出命一样的开始在广州工作,她想尽量多存点钱,让两个人的日子更好过。只要能跟这个男人在一起,便是自己最大的满足,她觉得再辛苦也值得。对于两人的未来，她满心期待。

只是好景真的不长，很快，她就发现小宋的心里其实还没放下前女友，她也发现小宋还陆陆续续跟不同的女孩暧昧、纠缠。但她开始学着自己骗自己，她容忍了这一切，她记着小宋曾对她说的那句："你是不是从来没想过为我安定下来？"当初，是小宋的这句话让她义无反顾地去了广州，向小宋证明了自己想跟他在一起的决心。也是这句话，她一次次告诉自己，小宋的心里还是在意自己、爱自己的，也许只是他还没玩够，还不懂事，心还没定下来，自己只要对他好，他总有一天就会断了与别人的一切，好好善待自己。

就是这个信念支撑着小白，让她心甘情愿地付出。她省吃俭用，小宋要什么，她就给什么。小宋带她见了父母家人，让她更加确信小宋就是那个要与她执手相伴一生的人。也许由于童年缺少家人的关爱，也许是成长得太过孤独无助，见到小宋家人以后更加填补了她内心关于家的空白。她把小宋的父母当成自己的亲生父母一般对待，给老人无微不至的关心与照顾，而能做这一切都让她无比满足。在她的心里，已经给自己建造了一个美满的家，所以她忘我地去呵护、捍卫这个家。自此以后，无论与小宋闹多大的矛盾，无论自己多么生气，或是小宋那些剪不断理还乱的情事让她难受，她也一一包容承受了。这样失去了理智与底线的爱已经让她迷失了自己，不顾身边朋友的劝说，小白几乎已经沦为了爱情当中的傻子。好像任何人沉迷于感情的时候，都是傻子吧。只是，她这一傻，就是四年。

我想，如果不是小宋突然要离开，小白还会继续活在自己筑造的美梦里醒不来，还会继续傻下去。那一天，小白依然记得很清楚，2014年2月11日，小宋突然要离开广州，他说要去另一座城市好好经营事业。小宋走的那天，对小白说："我们好聚好散吧，你千万不要做什么傻事，我的朋友们也都看到了这几年你为我付出的一切，我也知道。只是，我真的要走了。走之前，我带你去看场电影吧，以前就答应你要带你看场电影的。电影结束，我就安心走了，就当这四年的事都不存在，忘了吧。你再好好过你的生活。"于是，四年的感情，四年的付出，四年的努力经营，就在小宋这段风轻云淡的话中，就在一场电影中，结束了。

就当不存在，说出来很容易。对于不爱的这一方来说，也真的很容易，可对于深爱的那一方，对于苦心经营感情、死死抓住不放手的那一方来说，是多么揪心的痛！也许在感情里就是这样，一个愿打，一个愿挨，一个淡淡地对待，说开始就开始，说结束就结束，如同从来不存在一样，而另一个一心一意付出，所有苦水往肚子里咽，嘴上不说苦，可是冷暖自知吧。

小白，她这个时候已经处于绝望的边缘，她一直都在接受。在这段感情里，她一直处于主动付出，却又被动接受的位置，被动地接受这个男人带给她的一切，好的坏的，开心的失望的，包括这一次的离开。这个时候，她依然相信这个男人的每一句话，相信他是真的要回去创业了，于是她拿出了自己所有的积蓄给他，让他走。可能四年来她一直习惯了付出吧，所以当这个她付出了四年的人要走的时候，她竟然选择最后付出一次，她能交出的，便是自己全部的积蓄，她无怨无悔。

只是上天再一次跟小白开了一个大玩笑。2014年2月21日，这个男人离开的第十天，小白得知他回去跟前女友领了结婚证，开始幸福地拍婚纱照筹备婚礼。小白突然觉得自己掉进了一个天大的骗局里，原来他急着离开广州，只是为了奔赴到另一个女人的怀抱，组建他幸福的家庭。他曾承诺给小白的，一个幸福的小家，一个一辈子的依靠，如今都已经给了另一个人。

一时间，小白根本无法接受这个现实，像所有人猜测、担心的那样，小白干了傻事，割腕自杀。还好，她被人从死亡边缘救了回来，只是手腕上，永远留下了一道深深的疤，这道疤就如同她心里的伤痕一样，抹不掉了。她开始把自己封闭起来，不吃不喝，夜晚失眠，这样灰暗的生活过了两个月，小白才发现自己已经怀上了小宋的孩子，如同所有狗血的电视剧情一样，只是生活比电视剧更残酷。无奈之下，小白选择了独自承受，伤心欲绝地堕胎，她没有告诉那个本应该负责的男人。当我听说这一切的时候，已经是小白独自疗伤，刚刚缓过来的时候。当时小白对我说："朋友都骂我傻，我已经做了这样的选择，还能怎样呢？他已经做了决定，他选择跟别人结婚了。我难道还拿孩子去威胁他吗？没必要。"小白的那句真心真意的"没必要"真的让我佩服，佩服她的坚忍，她的大度，她的真心。

后来再知道小白的近况，是她给我发来了很多自己的照片。小白暂时离开了广州这座让她伤心的城市，她独自去旅行，去了北京。我看到照片里的她在北京的郊外，站在薰衣草的花海里灿烂地对着镜头笑，摆出了很多搞怪的姿势，仿佛已经离悲伤好远好远。我注意到她的手腕戴上了好看的手链，特意遮住了那道深深的伤疤，如同过去的一切都不复存在。翻看她的照片，我真心觉得她很美！经历了最深的痛，她重新拾起了希望，扬起嘴角，灿烂地笑。

我不敢肯定，小白是不是真的释怀了，毕竟那样深的伤痛，那样铭心刻骨的经历，那爱过痛过恨过的四年，都是她自己切身经历的。但我知道，她已经在尝试放开过去，尝试与那个伤痕累累的自己和解，尝试去过更轻松、更快乐、属于自己的全新的生活。小白后来给我发来语音，她说："终于明白，过去那样付出，不值得！不过他也没错，他也只是选择了他心里最想要的幸福。我不恨他，但愿他一切安好，我就无牵挂了。谢谢他让我那样爱过。"最美妙的爱情，可能就是，无论曾经有过怎样铭心刻骨的痛，后来留在心里的，也没有一丝怨念。小白做到了不恨，所以我相信她会幸福。

而我们在感叹这段感情对小白不公平，小白太傻，真为她觉得不值得的同时，是否也该明白点什么呢？其实在爱情里，人一旦投入，就会变成傻子。但是无论何时，我们真的不要爱得太盲目，爱得失去了自我，也不要把幸福完完全全寄托在别人身上，我们最终要依靠的、要爱的还是自己。若把真心托付给了一个人，也别忘了要给自己留一分。记得初次听闻小白的故事，我对她重复说了一句曾经看到的句子，简单的八个字："你还年轻，依然美好！"这八个字也是送给所有曾经或者现在被爱所伤的人，也许你苦苦挣扎却终不得果，也许你与小白一样，受了身体上与心理上的创伤，但不要放弃自己好吗？别一直沉浸在过去的伤痛里，苦苦舔着伤口；别太留恋那个让你伤心的人；别太迷恋过去那个黯然神伤的自己。

在爱里，可能倾其所有的付出并不是最明智的做法，留一点理性，人终究要懂得为自己负责。

亲爱的小白，愿你如愿，终有一天，有个执手相伴的暖心人，有个幸福的家。

"爱自己"这三个字，最容易说出口，却也最不容易做到。不如，就从告别一个错的人开始吧；就从把曾经给别人的爱通通还给自己开始吧；就从懂得有所保留地爱开始吧！

再强硬的心也有个温柔的理由

就叫这姐们儿仙人掌吧,总觉得她就是那种生命力极强的女子,在外漂过几年,把她扔哪儿都能快速跟人熟络,用最好的状态生活下去。一直觉得仙人掌无爱无恨,凡事风轻云淡,一如看淡尘世。最难得的是,再悲惨的事,经她一说出口,都带有了搞笑成分。我对仙人掌的恋爱经历好奇,她却把自己的故事当笑话讲。

她脱口而出:"我最长的恋爱是七年,爱上的那个人是奇葩。"好吧,仙人掌爱上了奇葩。追溯到初中,又是早恋。那时候两人活生生的非主流,刘海儿都是厚厚一大片遮住额头,拍的合照大头贴都是45°角仰拍。恋爱桥段也是我们能想象到的青春期片段:放学一起回家,下雨的时候撑一把伞,男生打着伞,吃力地照顾到身边的人不被雨淋到,可不知是伞太小雨太大,还是他打伞技术实在太差,男生自己全身湿透,其实女生也被淋湿一大半,两人还乐呵呵地雨中漫步一路回家。第二天仙人掌到校,同学对她说:"你男朋友对你真好,昨天走在你们后面看到他给你打伞自己全淋湿了。"这时候她心里应该很感动很满足吧?可是仙人掌没说,她一直比较嘴硬。

奇葩为什么叫奇葩?第一奇在爱玩失踪。在他们恋爱的七年里,玩失踪的次数不计其数,最长时间是一年没出现,人间蒸发一样,没有人知道他去了哪儿。后来出现后没有半句解释，依旧正常过日子，如同他的失踪只是做了场梦。

第二奇在从小就爱做发财梦，而且一直在尝试，只是从未成功。初中时正常人的想法应该是考试考好点，无论是靠自己学习还是临时抱佛脚或是做小抄，总之都是想考个不错的分数，少回家挨批，少被老师训话。奇葩不一样，奇葩对学习无所谓，只想挣钱。从十几岁在赌场"守场子"到借钱做木材生意，都是他初中时的副业。再到后来，每一年他都有新招，只是无一例外只亏不赚。

第三奇在难以想象他的正常智商。他曾在参加考试时给仙人掌女友发信息："你告诉我联合国秘书长是谁？"诸如这种正常读书人都应该知道的问题，他通通都不知道。最后他在某体育学院念的大学，念到大家都毕业三年了他还没毕业，现在干脆不要文凭了。

第四奇在爱问女朋友借钱，包括分手之后依然屡借不爽，而他家真的不穷，可以说很宽裕，只是你永远不知道他把钱用到哪里去了。奇葩的想法，正常人很难揣测。

细数奇葩点滴，不由得佩服仙人掌能跟他耗七年，不愧是坚强的女子。分手后，仙人掌辗转过多个城市工作，谈了新男友，甚至到了谈婚论嫁的地步，但还是没能修成正果。后来相过亲，恋过爱，不断认识新的人然后再分开，都未能真正走到结婚那一步。经过太多路人，很多人渐渐失联，各自开启新生活，一如从未出现。唯有奇葩，立在她心里，占据特殊位置。她谈过那么多次恋爱，说得最多的，几乎一天一提的，只有奇葩。

她说："尽管他是奇葩，可他对我还是很好的。大学我们异地恋，一有时间，他就会想尽办法跟我一起去一座城市玩，我们一起去过很多地方；那时候我脾气很大，没事给他打电话就发脾气发牢骚，他全都忍了……"她还说:"奇葩不是帅,是有味道,这么多年,我喜欢的还是这种类型。"她的硬盘里存着奇葩的照片,从他们非主流的初中时代,到大学时在一起的旅行照。她还记得拍每一张照片时发生的小事:"这张是我要他戴上我的袖套逗我笑。""这张他的表情好可爱。""这张是我们在大连的时候……"在给我看这些照片的时候,强硬的仙人掌连眼神都是温柔的。

仙人掌不是拖泥带水、优柔寡断的人,她也不是矫情的人,她跟之前每一任男友都再无牵扯,包括差点结婚的那位,唯有奇葩,是个例外。在这一年里,我不止一次跟她说:"你们干脆和好得了。"仙人掌永远态度坚决:"不可能。我再也不要跟这样的人在一起。我不小了,只想找个靠谱的人结婚。"偶尔又会对我说:"我觉得很奇怪,跟他分手后我也认真跟别人谈过,这几年也新认识了那么多人,可有时候还是觉得跟奇葩最合适。"只要我说:"你回去跟他结婚吧。"她立马会告诫自己:"不行不行,不能这样。跟他结婚,万一我怀着孕他突然失踪了,孩子岂不是没有爸爸了。"从没看到她为感情哭闹过,她总是能用理智把自己拉回来,所以我一直觉得她洒脱强大。

可当我们提起过去,她坦诚地对我说:"我最喜欢的人还是奇葩,跟别人总觉得是勉强。"从未想过没心没肺、独立强大、无坚不摧的她,终究逃不过一个弱点——长情。

偶尔他们会通电话:

"你结婚了吗?"

"没有,那你呢?"

"没有。"

"怎么还不结?"

"不知道。"

然后，也就没有然后。这样耗着很有意思吗？

或者，奇葩再来电话，仙人掌燃起希望，可奇葩说的是："你帮我给我妈充一百块钱话费呗。"仙人掌恨不得用刺扎他，回头对我说："他还是狗改不了吃屎，每次找我都是这些让我无语的事。"

之后的电话，奇葩提到："其实我早就不玩失踪了。"

仙人掌说："其实只要他真的改了那些奇葩行为，我立马就回去跟我妈说要跟他结婚。"

她拿出手机备忘录给我看，里面只有一句话："对不起，×××，我只是太在乎你了。"她说这是几年前跟奇葩生气，奇葩输入了这句话在她手机备忘录里，她一看到就笑了。之后几年她换过手机，但这句话她一直复制粘贴很多遍留着。

这世上总存在着这样一种关系。你们不是恋人了，不是朋友了，什么都算不上了，明明没有任何联系了，只有通过朋友传言和微信朋友圈，提醒自己，还有这么个人存在着。你们再熟悉不过，知道彼此所有的优缺点，对方的所有喜好都了解，可看上去又像陌生人，连点赞都要吝啬。你们经历过很多次的浅尝辄止，彼此试探，互相暗示，话到嘴边又咽回，等待对方开口却又搁浅。身边人都在说："你为什么就不能扯个新的人，怎么还是他？"或者又问："那你们为什么不和好？"

感情不就是这样吗？说不出所以，不知道为什么。很多时候我们都有着苦苦纠缠没有怨言的韧性，却没有往前迈一步的勇气。你骂过他千百遍奇葩，跟朋友调侃他"狗改不了吃屎"，可依然还是会提他，好的坏的，都在提，最后还要补一句："他是贱，可是贱得可爱。"看到他微信微博QQ头像的时候，还是会忍不住笑一下。

我们说话大多喜欢用"只是"："我最爱的还是他，只是他不适合结婚。""这个人真适合结婚过日子,只是我不爱他。"

仙人掌给了自己一个长情的理由:"恋过很多人,可只爱过他。"再强硬的仙人掌,遇上奇葩,也有了温柔的理由。

宁愿天天下雨，以为你是因为下雨不来

认识一个姑娘，跟前任恋爱十年，分手三年。分手的三年间她一直提他，好的坏的都提。他们早已不在同一座城市，偶尔联系，像老朋友一样闲聊问候，聊多了还是会争吵，像他们在一起时那样。他们好像都没变，彼此的脾气、性格、习惯。人在一起久了会变得很像，了解对方就像了解另一个自己。兴许是这样，他们一直维持着这样的关系，不冷不热，分开已成习惯，可随时还能像过去一样。

他总说他会来看她，说过很多次都没来，她慢慢都不信了，平静地说："他还跟以前一样，一点没变，说话不算数，不能当真。"没有一丝埋怨的情绪，因为已经习惯了。直到那一次，他真的来了。她突然觉得其实他变了，跟以前不一样了，心性、习惯、对自己的态度，心里难免一丝失落。他回去那天下暴雨，她送他去车站，他径直走向进站口，好像身后的她不存在一样。她惊讶地问："还这么早，就进站了吗？"他冷淡地回一句："你回去吧。"她问："你没看到外面那么大的暴雨吗？我这时候出去会淋湿的！"语气里已经有了失望后的不满和愤怒。他还是表现出焦急想走的样子，没有不舍。她无奈只能说："那你走吧，拜拜！"说完转身一个人走出车站。外面暴雨依旧，她终于忍不住，哭成泪人。

你说失望是什么？是我终于把你等来了，你淡漠的态度却又让我心寒，深情不再，疼爱不再，温柔不再。于是后悔自己见了你这一面，把心里这些年的念想和那唯一的一点希望都掐灭了。一次淡漠的相见让整整十三年的情意都变成了一个"再也不想看见他"的决定。

突然想起张爱玲在《小团圆》里写过的那句话："窗外雨声潺潺，像住在溪边，宁愿天天下雨，以为你是因为下雨不来。"有时候我们喜欢自己骗自己，这样就可以一直心存侥幸，心有念想，可这念想一打破，什么都是一场空。人的希望与失望往往就在一念之间。

那天看《苏州河》，周迅饰演的杜鹃在马达突然对自己置之不理之后，无奈之下，在一个大雨的夜里将自己淋得全身湿透跑到马达家门口等他开门。开门后杜鹃拼命给自己灌酒，马达去抢她的酒瓶，她哭着绝望地说："只有我喝醉了你才不会赶我走。"这是《苏州河》里我印象最深的一句话，我总觉得它超越了这部电影里其他所有经典的台词。是用了多少种办法想见却不得见，该舍却舍不得，才说出这样的话。

无奈是什么？是他明明也舍不得她，却又被逼无奈远离她。是她感觉到了他的情意所以死死抓住不愿放手，却又怎么也得不到回应。是我希望你别让我走，于是多喝一点酒。

陈升在《把悲伤留给自己》里开头就问："能不能让我陪着你走，既然你说留不住你。"陈淑桦的那首《红楼梦》里唱着："多少惆怅往事上心头，今晨醒来梦已空。"大多数人都有过痴狂，有过等待，有过失望，有过绝望。所以王菲温柔又冷静地唱过："不是所有感情都有始有终，孤独尽头不一定惶恐。可生命总免不了，最初的一阵痛。"

万事皆有时，愿你无须红装掩轻愁，但愿你以后每一个梦不会一场空。

说好了，咱不逃

最近，有个小姐妹跟我聊心事。她说，前男友跟自己一个工作单位，分手几个月了，心里还很痛苦，无法释怀，每天上班，跟他抬头不见低头见，怎么办？

其实，她原本有一套自己的解决办法。在分手后，她好好理了理思绪，觉得这段感情不值得继续，这个男人更不值得托付，所以她急于要告别过去。有了这决心，她坚持每天把自己收拾得美美的，神清气爽地去上班，哪怕见了前男友会尴尬会痛苦，但也强忍着心里的难过，装出一副满不在乎的样子。她不断给自己暗示也给对方暗示："没了这个人，我一样过得好。"哪怕这种"好"是一种伪装。她把生活尽可能安排得忙碌丰富，不容许自己有空闲的时间去缅怀过去陷入伤感里。

这应该是我见过的大多数人失恋后最普遍的一种做法了，我也认为这是最明智、最理性的处理办法。如果能这样"装下去"，可能时间长了，还真的自愈了。但不凑巧的是，她的前男友是一位喜欢"藕断丝连"的人。见到她，会时不时地用言语或行动关心她。这让她很矛盾，她承认自己会被这种关心影响，乱了阵脚，让她越来越舍不得。可这位前男友对她示好并不代表愿意跟她和好，也不愿意给她一个交代。

她每天在单位都心不在焉，心事重重，期待见到他，又害怕遇到他。她就这样忍着，克制着，表面风平浪静。直到，她终于撑不住了。她找我聊天的时候，我知道她心情很糟糕。她无奈之下冒出了新的想法。她说："我想离开我们单位了，我要辞职。每天见到他，我要努力装作没事，我拼命向他证明我过得很好，这样太累了。而且，他还在和其他女孩子牵扯，我看到了好烦。这样下去怎么办？"还没等我开口，她又说："可是，凭什么是我离开？我并没有做错什么。"

症结好像就在这里，你什么都没有做错，为什么得你离开？就因为你爱他太深，放不下他吗？难道一段感情里，必须是爱得更深的那个人吃亏吗？

我给这位小姐妹回复了这样几句话："如果你确定，离开能让你过得更好，那你就离开。但是，你确定吗？"

很多人失恋后会选择一种疗伤方式，那就是离开，走得远远的，不要见到那个人，不要待在触景生情的地方，似乎这样能帮助自己好得更快一点。这种方式，又叫"逃离"。

逃离，真的管用吗？

想起另外一个女孩。她前两年失恋后选择的就是这种逃离的方式来疗伤。独自去到一座新的城市，找到新的工作，认识新的人，整个环境都是全新的。她以为，强硬地开始新生活，斩断与过去的一切会让她迅速放下所有忧愁。但事实证明并非如此。崭新的一切等着她适应，她明显感觉到自己初来乍到适应得不够好，城市太陌生很孤独，工作太陌生压力大。这时，她一边忙碌一边痛苦，因为她非但没能忘了前任，反倒在这压力重重的生活中想念着对方，越来越怀念过去与他在一起时那些幸福轻松的日子。就这样，她的克制与坚持土崩瓦解，她给对方打去问候的电话，一听到熟悉的声音，一聊起那些只有彼此才懂得的话题，她心里的所有防线都不复存在，那一刻，她觉得自己甚至比过去更爱他。但现实并不能如她意，他们并不能再和好，她只有任由思念蔓延，等待着心里的痛苦与执念放下的那一天。

还有一位异性好友，他是典型的文艺青年。在分手后，他选择的是：旅行。邀上他的好哥们儿，说走就走。那一趟旅行耗时一个月，去了重庆、成都、云南……那一个月，我看见他不断在朋友圈里发着一路上的美景，潇洒又浪漫。他回来后，我问他："散心散得怎么样了？现在好了吗？"他说："也许很多人觉得我一路玩得开心尽兴，但我心里却不是个滋味。每到一个地方，每见到新的景色，每吃到一种美食，我都会想，如果她在我身边就好了。我总是不自觉想起以前和她一起旅行的场景。很多画面历历在目，越来越清晰。"

有些人想要通过新的环境忘掉旧的人，有些人试图通过旅行治愈自己的心，但真能奏效的人，实在为数不多。如果，你的心里没有真正释怀，即使离开，即使换了环境，你也不会更好受，只会一边在现实里挣扎，一边在夜深人静时一遍遍重温过去的场景。兴许，你还会更想念对方曾给予你的那些关怀和照应。

薛之谦有一首歌《几个你》，里面唱得很应景：

买醉过几个夜晚，喝几杯咖啡，和几个人聊天。
我搬过几个地址，谈几次恋爱，偶尔给你邮件。
我听过几种音乐，配几种画面，偶尔还是流泪。
车速要开到多少，往哪个方向，才能追回你。
我去过几个城市，有几个地址，仿佛能听见你……

如果心里的伤并未痊愈，换几座城市，换再多地址，都是徒劳吧。

现在，回到故事最开始的那个小姐妹，我零零碎碎跟她讲着我的想法，也许我言语上的安慰也无用，但让我欣慰的是，第二天，她给我发来微信："今天上班，到了单位楼下，我在车里坐了十分钟。我突然想通了，为什么是我离开？我要在这里，好好地待着。我前两年那么辛辛苦苦打下的基础，不能功亏一篑。"

我真的想为这一刻的她鼓掌。我们活着，做的每一件事，初衷都是为自己好。怎能为了别人，被迫做选择呢？更不能为了一个让你伤心的人，放弃自己辛苦打拼来的一切啊。她还说："我明白了，没必要向不值得的人证明什么，活得更好，是为了自己。"

我为她加油，她说会继续努力。我相信总有一天，她会笑着说："过去，都不算什么。"

"心事"无边界，不会因为任何地域的变化而消散，不会因为你走得远一点就减轻，因为它长在你的心里。每一个在黑暗中挣扎的人啊，说好了，咱不逃。

远方，远方……

远方有花，有树，有湖，有风……

远方在别处吗？还是已经身处远方而不自知。

你在 〰〰〰
不怨的世界里
〰〰〰 成了
更好的自己

桥的尽头,路的尽头,城市的尽头,这世界的尽头有很多。
而我的心,不要有尽头。

至此别过，

我们都要

好好的

第三辑 ———
CHAPTER THREE

道理都懂,只是做不到

他们因为一次偶然的机会相识,聊得来,印象不错,自然地在一起。

所有的情侣刚刚开始的时候总是兴奋的、用心的、快乐的,那样的心情和状态几乎可以用这世上所有美好的词汇来形容。

以前听人说"乐极生悲",又听说一个人千万不要在一件事里兴奋过了头,要不然上天会嫉妒,一个小插曲就会让你的幸福摧毁,人一定要懂得"居安思危"。

热恋没多久,他就要去另一座城市工作,原本的热恋变成了异地恋。

刚刚分开的时候,他们每天有发不完的微信,聊不完的电话。某一天,毫无征兆地,她对他的态度忽然就冷淡了,微信不回,电话不接,摆明了不想再联系。他一定要问个究竟,她只说:"不如就这样算了吧。"

冷淡的一句话,没有过多的情绪,不伤感、不难过、不纠结……

一段感情的开始需要经过两个人的同意,可是分手,一个人说了就算数。

没办法，不在一座城市，想要挽留，似乎很难。他在远方的城市纠结痛苦，有些不甘心却又无能为力。

可就在他说服自己放弃的时候，她突然又来到他的城市工作，死灰复燃，又有希望。

他继续开始了电话和微信的关心，他去找她，想跟她重新开始。

她没有明确接受要和好，不过也没有拒绝他的好。

就这样不温不火地过着，直到某天她说："我不希望你总是联系我，常来找我，我觉得我有一种被打扰的感觉，不喜欢这样。"

相比于上次那句冷淡的"不如就这样算了吧"，这一次至少带了一点情绪，厌恶的情绪。他还是不想就这样结束，管不住自己的脑子和手，还是会问候、关心、询问。

当一个人想联系另一个人的时候，有无数个理由，当一个人不想理另一个人的时候，任何理由都多余。

这样单方面的关心依旧持续，她偶尔回应，大多数时候无视。某个晚上，他给她打电话说想见见她，她说："同事生日，晚上有聚会，你别来找我了。"可能是压抑了太久，这一次他心里好像有一股冲动倔强的力量，一定要去找她。他一个人来到她公司楼下，固执地等。期间打过两个电话，她都是一样的话："我们这边暂时走不开，挺晚了，你不用等我，快回去吧。"他只坚持心里的想法——必须等。夜里十二点后，他还傻傻地站在她公司楼下，对方的手机已经打不通，只有冰冷的提示音："您拨打的电话已关机。"

从那晚过后，他再打她的电话，都是不接。

终于某次电话接通了，她直截了当地说："我真的很烦你联系我，我不喜欢被打扰。我现在工作压力很大，你这样联系我让我觉得更累！"

原来，当一个人不需要你联系的时候，你的每一条微信每一通电话都会变成一种负累，每一次你以为恰到好处的关心都会变成对方心理压力的存在。

朋友们劝他，够了，她明摆着已经不喜欢你了，到这里就该结束了。

他说："道理我都懂，只是我做不到。"

他在某天晚上给我打电话，跟我讲事情的来龙去脉。

我也试图从"旁观者清的角度"去劝他，该放手时就放手，强扭的瓜不甜。

他还是说："道理我都懂，只是做不到。"

他一遍遍地重复："其实一开始的时候，她也是用了心的，我们开始的那段时间真的很好。"

我说："哪对情侣最开始的时候不好呢？"

他说："就是从某天开始她就突然不理我的，没有一点征兆，我就想让她给我个明白的说法，为什么？"

我说："所以你死死不肯放手更多的是因为你不甘心，你觉得她的冷淡来得莫名其妙。"

他说："是的。"

我们常常会问："为什么？"

为什么你突然就不理我？为什么一点征兆都没有？为什么你不给我一个明确的说法？为什么我关心你你也觉得烦？为什么有问题你不能说出来？为什么你不肯面对解决？为什么？

太多为什么了,可是我们忽略了,在对方的心里可能这些让你不甘心的问题都是没有必要纠结也没有必要回答的问题。对方就觉得,心里累了,于是不想继续,仅此而已。感情的莫名其妙谁又能解释清楚呢?当初喜欢不需要理由,现在不喜欢同样也不需要理由呀。

很多问题,我们可能永远也等不到答案。

一如你一直给她苹果,可她想要的就是香蕉。

一如道理你都懂,可就是做不到。

她说：别为错过而哭泣

小时候，我们爱听童话故事、神话故事，这些故事大多天马行空、唯美浪漫，看完总回味无穷。老师往往会说："故事寄托了人们对美好生活和浪漫爱情的向往。"我们爱那些故事，大概是因为童话和神话里发生了太多让人羡慕却又不敢企及的事。

长大后，很少有人再去翻看童话和神话，因为"不现实"。可是，若有一种把生活过成童话与神话的勇气，或许生活的颜色会变得更亮丽多彩一点。

你听过田螺姑娘的神话故事吗？

我一直对"田螺姑娘"的理解就是：擅长做饭，比较贤惠。认识一姑娘，觉得她就是生活中的"田螺姑娘"。她长得干净清秀，一看就秀外慧中。生活能力强，从上初中起就会做饭，甚至可以独立完成一切家务琐事，心灵手巧，善良耐心。对朋友热忱，有忙必帮，尤其是生活上的小事。她擅长为周围的人解决一切生活小麻烦，因为她总有妙招。她的这种"贤良淑德"一直保持得很好，衣服永远叠得整整齐齐，碗一定刷得干干净净，屋子一定打扫得一尘不染，饭菜一定做得香喷喷……朋友们念叨了很多年："哪个男人娶了你一定幸福，标准的贤妻良母。"

只是现实中的田螺姑娘一直都没恋爱。她有一个很奇怪的定律：每一次都是身边关系好的男生跟她表白，每一次别人对她表白她都拒绝，她只愿意继续保持好朋友的关系。可是通常过一阵子，她都会突然觉得"我好像喜欢上他了"。往往这时，人家已经对她没意思了，她也就羞于说出来了。一次次的时间不对、时机不对，一次次的错过，她就这样无奈又习惯性单身着。我曾一度怀疑她中了魔咒，怎么可能每一次都是这种情况：他喜欢我时我不喜欢他，等到我喜欢他时他又不喜欢我了。

她对生活很知足，认真工作，痛快娱乐，该吃吃该喝喝，充实的工作占据了大半的生活，寻觅美食和自己烹饪美食又占据了一部分时间，跟朋友聚会旅行又占用了那么一小部分，哪还有时间想恋爱这档子事呢？如果让她给家人、工作、友情、爱情这些人生重要要素排位，她一定把爱情放在最后面的位置，以至于她自己都快看不见"爱情"这两个字了。还好，她把爱情看得不重，所以爱情也不会耗费她过多的时间和精力，她更用不着为爱情伤心难过，她少有这方面的烦恼。

也就是这个对爱情不上心的田螺姑娘，还是遇上了那个让她不得不耗费精力的人。这个人，依然是她的异性好友。两人大学四年同窗，同样的专业同样的爱好，一起上课一起逃课一起吃饭一起玩乐，朝夕相对乐此不疲。

我们的身边总是不乏"友达以上，恋人未满"的关系。大多数人享受这样的状态，比一般朋友多了些亲近、了解、懂得，又算不上恋人的关系。有人说这应该是"暧昧"，但我却总觉得"暧昧"这个词亵渎了这样的关系。"暧昧"应该是主动靠近却又有意疏离。"友达以上，恋人未满"要单纯得多。至少，两个人最开始都是抱着好好当朋友的心态来相处的,谁能料到后来日久生情呢?多少处在这种关系里的两个人信誓旦旦地保证:"我们绝对就是好朋友,我不可能喜欢她(他)这种类型。"

生活总由不得人言语上的保证。

她喜欢他,她自己却不能确定这种喜欢,确切地说是她不愿面对这种喜欢,因为她根本无法确定对方是不是也喜欢自己。她说:"这没有结果。"还没开始就已经料到了结果,以她的个性当然不会说。既然不打算说了,也就能更坚定干脆地当朋友,俩人走得再亲近都无所谓,反正是不可能的。一旦觉得不可能了,理由也就更多了:我们都这么熟了,彼此什么都看得明明白白,跟他谈恋爱得多可怕啊!我们性格不合,在一起一定吹!我们俩相处很多冲突的,连起码的金钱观念都不一样,真不适合成为男女朋友!

旁人听这样的理由听得心里直冒问号:"都有这么多冲突了,你俩是怎么玩得这么好的?"或许,这都是他们给自己的暗示吧。不断默默提醒自己:"眼前这个人只能是朋友。"当朋友也好,不用刻意迁就,自在随心,无忧无虑地相处。两个人都属于享受生活的乐天派,他们一起吃遍了校内外所有能觅到的美食,走遍那座城市的大街小巷,一起参与大大小小的活动。生活被填得满满当当,日子逍遥得不像话。如果能一直这样下去,该多好。他们可以一直是大学校园里积极上进快乐如风的小青年,他们可以一直打打闹闹吵吵笑笑,他们可以一直在大学的净土上挥洒青春的笑与泪……

如果可以,很多话也再不用被戳穿。

时间往前,经历每一个成长的节点,他们逃不掉也躲不过的是毕业。田螺姑娘喜欢的男孩,这个陪伴她大学四年的男孩要走了,离开他们上大学的城市,这一走就是跨山跨水跨市跨省,这一走就不知道哪天再见。她像往常一样跟他吃饭聊天，好像他只是要短暂出游还会回来一样。直到他真的离开，她的心理防线突然一下子崩塌，她的坚强乐观跟着轰然倒塌，没有准备，来不及安慰。她以为自己会很平静，她以为自己会很快适应没有他的日子。身边的朋友和她自己一样，都高估了她的适应能力。她开始工作了，兢兢业业勤奋踏实；她又有了新的朋友，吃喝玩乐不耽误；她又开始研究新的美食做法，专心致志沉浸其中；她又开始旅行了，风轻云淡潇潇洒洒……

这是她该有的生活，一切都好，只缺少了他。工作疲惫了找不到更好的倾诉对象；朋友很多，能替代他的却找不到；用心烹饪美食却少了他品尝；旅行的路上风景很美只是他不在……她表面上已经好了，心里却分明留下了一道小口子。跟朋友说起他，她一脸牵强的淡然，冷冷的一句："我不喜欢他，我知道他根本不喜欢我的。"

他离开两年了，这两年来他们再没见过。她偶尔会发与他有关的朋友圈，内容无非是絮絮叨叨与他有关的一些小细节，然后不忘加一句："感谢不在我身边的朋友。"一定要加上"朋友"两个字。是不是大多数感情内敛的人都喜欢欲盖弥彰，避重就轻？

身边的朋友陆陆续续恋爱、订婚、结婚，时间确实不等人。问起她，她笑着说："还没遇到合适的，不过我还是相信未来会有一个对的人，我会等。有合适的别忘给我介绍啊！"这就是她，感情里的沉重都放在心里，说出来的都轻之又轻。

终于在一个深夜，她对身旁的朋友吐露心事："我没想到过了这么久我还没真正放下他，也许我只是不习惯没有他的生活。毕竟曾经有四年的时间他都在我身边，我干什么他都陪着我，可能是我对他太依赖了。"没想到，打小独立自主，总想着照顾别人的田螺小姐，也会有深深依赖一个人的时候。只是可以依赖的时间，有期限，已结束。

他们之间，当然再没有后来。就像她最初预料的那样：一点可能都没有。没有一个人知道她是否跟那个人说过"我喜欢你"；没有人知道她是如何做到在四年的时间里，在喜欢的人身边安心扮演"好朋友"的角色；没有人知道她什么时候才能真正放下。

田螺姑娘唱歌很好听，每次在KTV里，她都爱唱那首《蓝颜知己》。"蓝颜知己，心有灵犀。你解我的心事，我懂你的暗语……"歌曲的重点该在后面："特别的你，总在心里。不会忘记，谁也无法代替。相见不相见，已慢慢习惯，那些未曾说出的想念……"

只是，她的那位蓝颜知己，真能解她的心事吗？

不能解也没关系，她还是那个她，快乐善良，心里有光。哪怕她在生活中一直没有觅到良人，哪怕经历了一次两次三次的错过，她依然保持着快乐的本性，以及将生活经营得丰富多彩的能力。她说："既然错过了太多次爱情，就绝不能错过生活里更多的风景。亲人啊，朋友啊，美食啊，新鲜事啊，都是不能错过的。"

是啊，小时候就听过泰戈尔的诗句："如果你因失去了太阳而流泪，那么你也将失去群星了。"

失恋这件小事

周末的上午,很清闲,闺密约她一起逛街,她拒绝了,理由理所应当:"外面下雨了,出行不方便。"当然,即便晴天,她也会拒绝闺密的邀约,此刻的她没有心情逛街看电影品尝美食。失恋的人容易暂时性失去视觉听觉味觉等一切感官功能,大脑里只有一个反应:难过。

既然拒绝外出,待在家总要找点事干。她干了一件失恋中的傻瓜都会干的事,一遍遍翻看前任的微信朋友圈。其实她从分手那天起,就已经把对方的朋友圈设了权限"不看他的朋友圈"。她不想自己的情绪再受前任的影响,她不希望对方的一丁点儿风吹草动又让自己乱了方寸,她不情愿再从前男友的朋友圈动态里发现对方新恋情的进展。

这是她失恋的第三十天,单身整整一个月了。电影《失恋三十三天》里黄小仙从遭遇失恋到走出阴霾只用了三十三天,还收获了王小贱的真爱。她离三十三天只差三天,可是依旧茶不思饭不想,夜夜失眠日日心伤。她独自发呆无所事事,又点开了前男友的朋友圈,这已经成了她的下意识动作。前任的最新更新状态是和一个女孩的合影,他的新女友。

早在两个月前,她发现男友突然之间对自己态度冷淡,经常不回她消息，不主动给她打电话，也不再约她吃晚餐……起初她只觉得是自己太敏感，试着跟对方沟通，得到了四个字的答复："你想多了。"她安慰自己也许真是自己太敏感了。这样默默忍受了一段时间，她又发现男友总发一些自己看不懂的心情文字在朋友圈里，类似于"喜欢你捂着嘴笑的样子，我想你"。她很清楚这里的"你"并不是自己。判断力和直觉都告诉她："你被劈腿了。"

为了挽回自己最后一点尊严，她没有选择去问清楚究竟是怎么回事，而是干脆地给男友发去微信："我们分手吧！"一分钟以内就收到了对方的回复："OK！"简洁明了，让她措手不及。本来还留有一丝念想，如果对方挽留，她会觉得是自己想多了、误会了，她还会继续这段感情，然而并没有。这时她才明白，其实对方等这一句分手等很久了，在等她先开口。她双手握着冰冰凉凉的手机，看着两个人之间的对话框，任泪水打湿手机屏幕，脑子一片空白。

那天她一遍遍问自己："我做错什么了吗？哪里出了问题？他真的不爱我了吗？"没有人给她答案，她只有给几个要好的朋友发去微信："我失恋了，现在也是单身一族了。"似乎只有这样做才能让自己迅速接受失恋的现实，她有点恍惚，毕竟突然分手很不习惯。如她预料的那样，收到很多关切的疑问："你还好吧？怎么了？为什么分手？你在开玩笑吗……"

她关机，不想跟任何人解释。从那天起她就开启了自闭模式，选择独自疗伤。把所有与前男友有关的东西都扔了，把所有能勾起回忆的东西都扔了，扔东西的疯狂程度上升为：第一次跟他约会穿的是这件衣服，扔掉！上次跟他去爬山背的背包，扔掉！上次感冒他给买的那盒药，扔掉……扔得心里好痛快，可也空落落的，好似心里的某一部分被硬生生地拿掉。看到网上那些写给失恋的人的段子、语录她都转发，看到那种疗伤美文她都读上好几遍，好像那些都是专门写给自己的。闺密贴心地给她送来一本张小娴的书《谢谢你离开我》，她赶紧翻看。可越读越难受，止不住的伤心，于是又从网上去找那些失恋后化悲伤为动力，拼命努力提升自己的励志故事，好像能让自己不那么消沉了。可第二天，悲伤并没有少一点。这样恶性循环了一阵子，她开始逼自己忙起来。

工作比谁都勤快，工作结束就找朋友聚会喝茶聊天看电影郊游，把周边没去过的城市都玩了一圈，把公司附近没吃过的餐厅都吃了一遍，把新上映的电影都看了一遍。这样三个月下来朋友开始叫她"百事通"，关于哪里好玩，哪里好吃，哪部电影值得看，哪家电影院环境好等此类生活娱乐信息她比谁都了解。

就在她以为自己满血复活了的时候，某天突然在住的小区附近碰到了前男友和他的新女友，两人亲昵地从她身旁经过，根本没有注意到她的存在。她一声不吭地看着他们离开，如同路人。花了那么长时间好不容易攒出来的一点正能量，在那一刻，所剩无几。她回到家再次拿出手机看对方的朋友圈，一点一滴，都关于另一个女孩。她给闺密打电话："你说，他爱过我吗？他从什么时候开始就喜欢上了别人呢？"闺密告诉她："你现在纠结这些都没用，现在的事实就是，他跟另一个女孩在一起，很幸福。他跟你一丁点儿关系都没有了。你过好你自己的，别在一段不值得的感情里纠结了。"

这些道理她都懂，只是她没有办法说服自己不去想、不去纠结。因为她不甘心，她不明白为什么男友当时突然就不理自己了？为什么他突然就跟另一个人打情骂俏了？过去他们之间也有过甜蜜，为什么这么短的时间他就跟别人甜蜜了？人心真的变得那么快吗？

今天再难过，明天日子还得照常过。这是她失恋以来总结的心得。第一天哭得昏天暗地，第二天还要早早起床收拾干净出门上班。这个世界不会因为你失恋就为你改变一点点。后来的日子，她继续奉行着网上热传的"失恋必备法则"，比如：绝不听伤感情歌，绝不看伤心文字，绝不打听前任的消息，绝不跟前任的朋友联系，把朋友圈里秀恩爱的情侣屏蔽掉，以免刺激自己。她一一照做，等待成效。朋友对她说："没事，等到有一个新的人出现，占据你心里的位置，你就好啦。"她也在心里默默等待新的心上人，甚至幻想哪一天出门的拐角处就能邂逅新的恋情，幻想下一段爱情里自己幸福无比再也不受伤。

时间往前走着，某天，她的一本书里突然掉出了一张照片，是她曾与前任的合照，这一次，她没有选择扔掉，而是把照片捡起依然夹在书里，再把那本书放进抽屉。她不再如刚分手时那样急于去甩掉一段记忆，急于让自己跟过去告别或者急于摆脱痛苦获取重生。她知道，有些记忆会一直在心里某个地方，那些发生了的事，根本不可能被抹去，只会被淡忘。她知道自己需要的只是时间，需要时间来渐渐褪去那些记得清清楚楚的事情。一个月不够就两个月，两个月不够就三个月，或者半年，甚至更长，她终于意识到顺其自然远比硬生生压抑自己的情绪要好得多，她愿意给自己充足的时间来疗伤。很久以前她看过一句话：放不下一段感情的根源是时间不够久或者新欢不够好。如果真是这样，她愿意接受自己的脆弱，情愿花更长的时间来放下，而不是急于投入下一个人的怀抱。

她又看了好多遍《失恋三十三天》，她承认现实比电影更残酷，她走出阴霾的时间远远超过三十三天。当然，她也不会再去盲目搜寻那个"王小贱"的出现。因为她知道，失恋的时候没人能帮得上你，除了你自己。

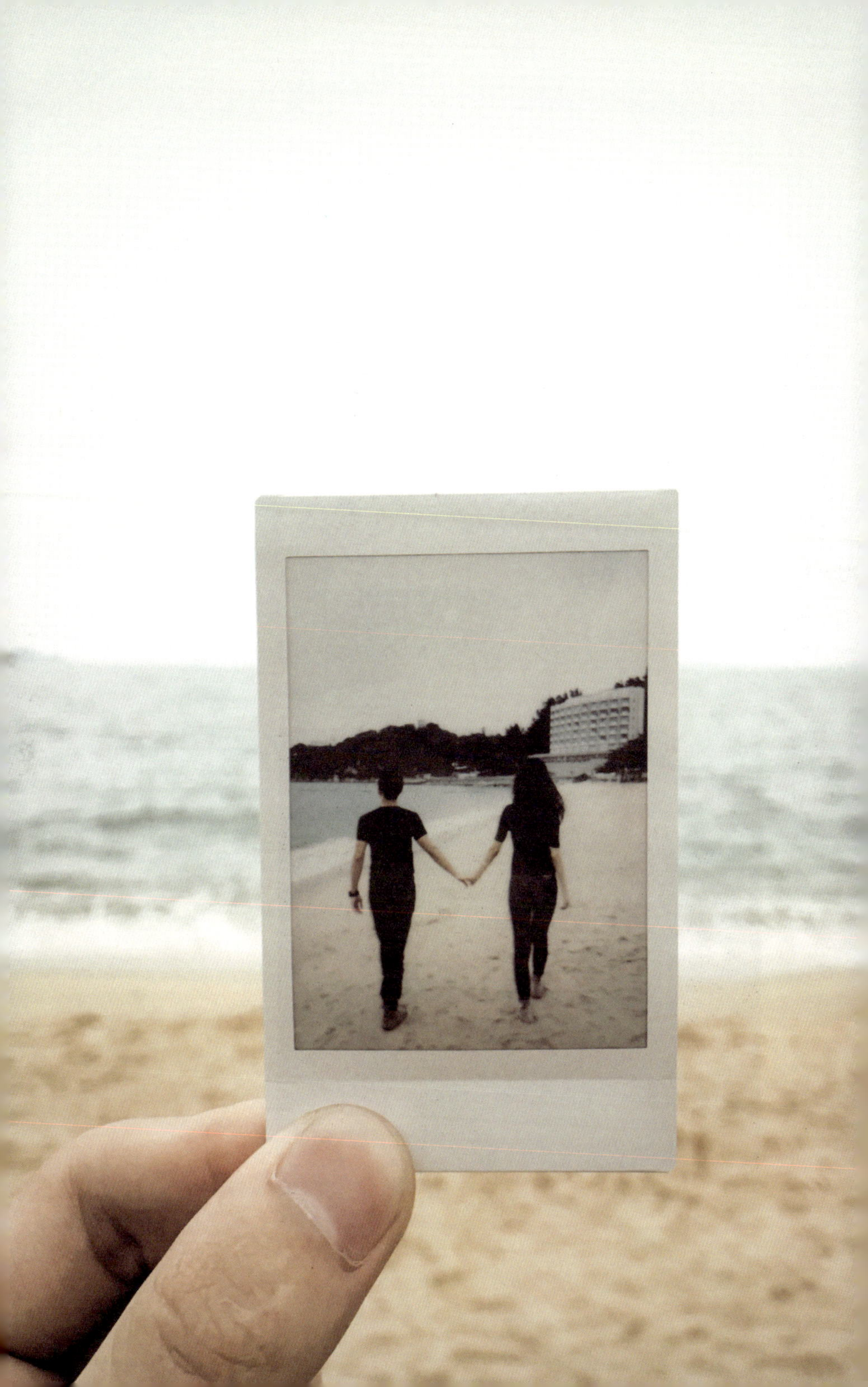

我们曾伤筋动骨消耗气力，

"放下"是什么？那时候还不懂。

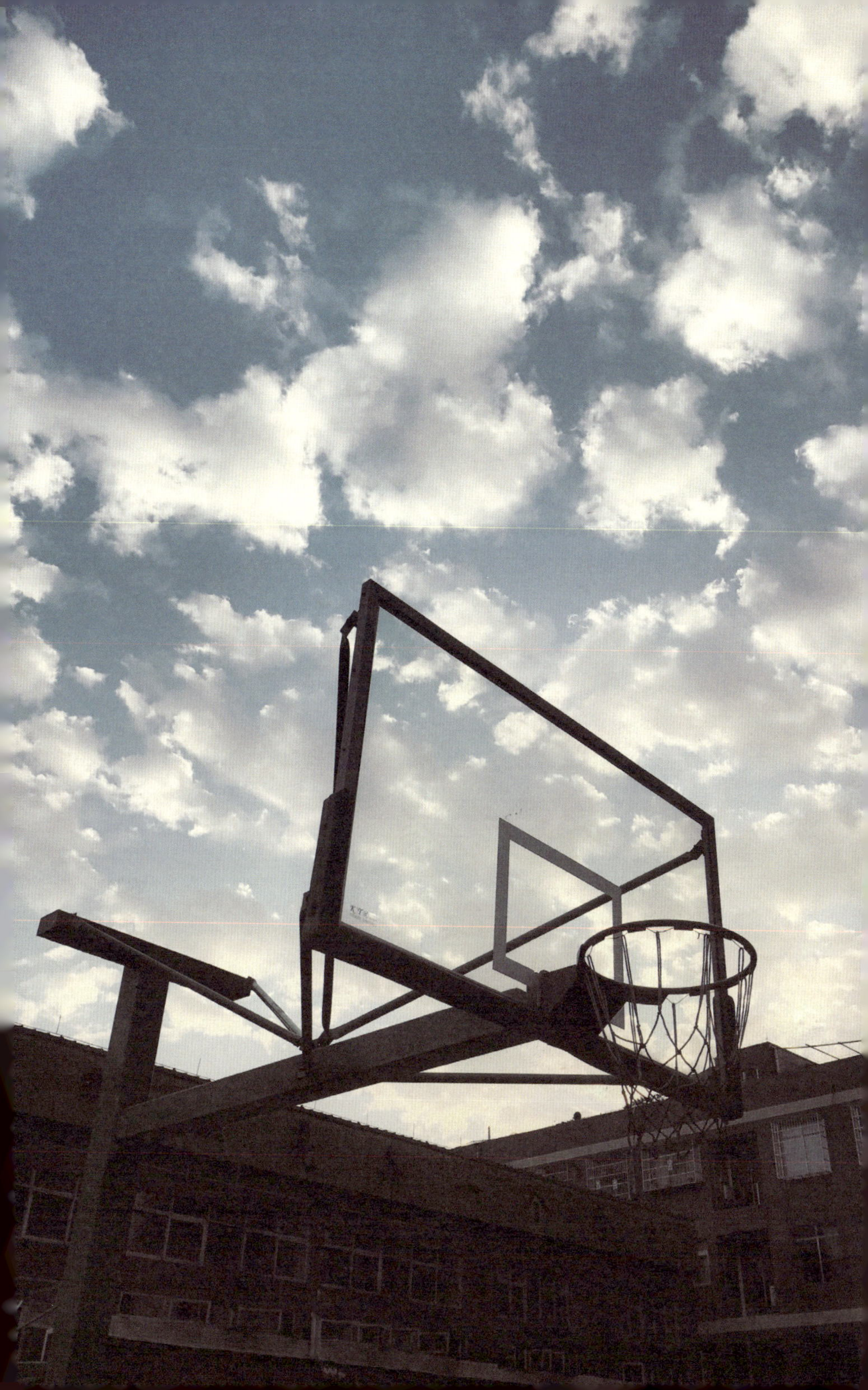

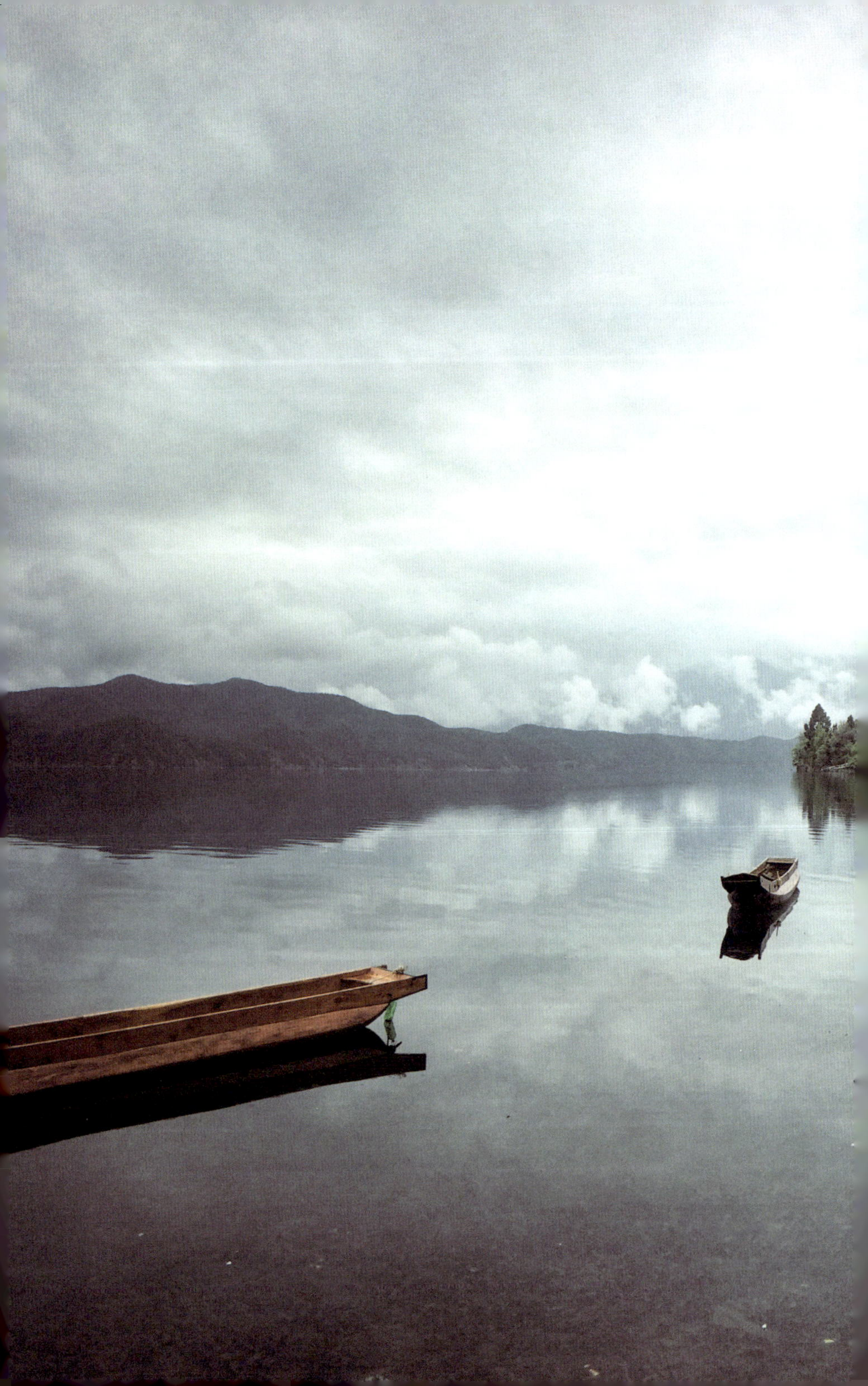

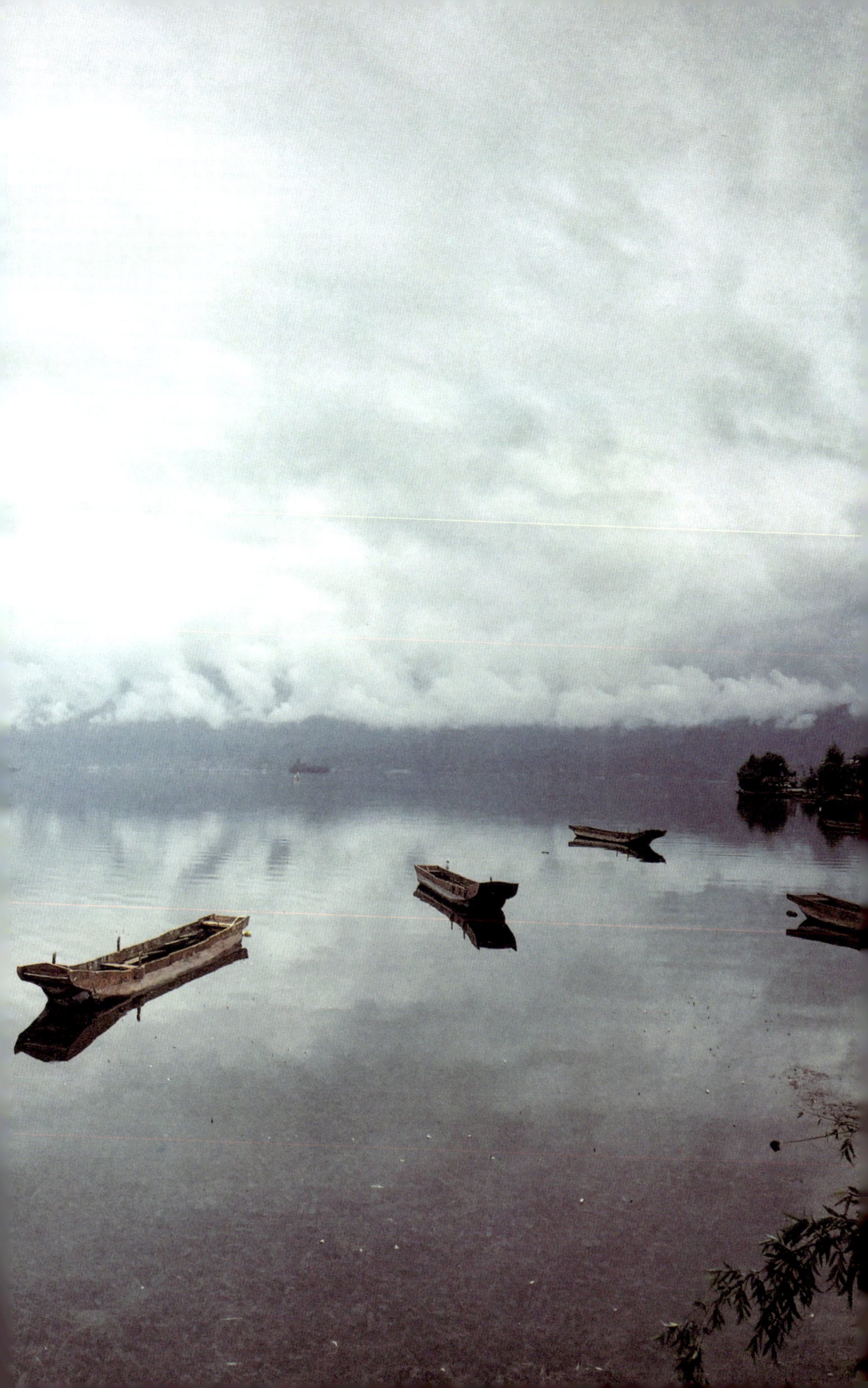

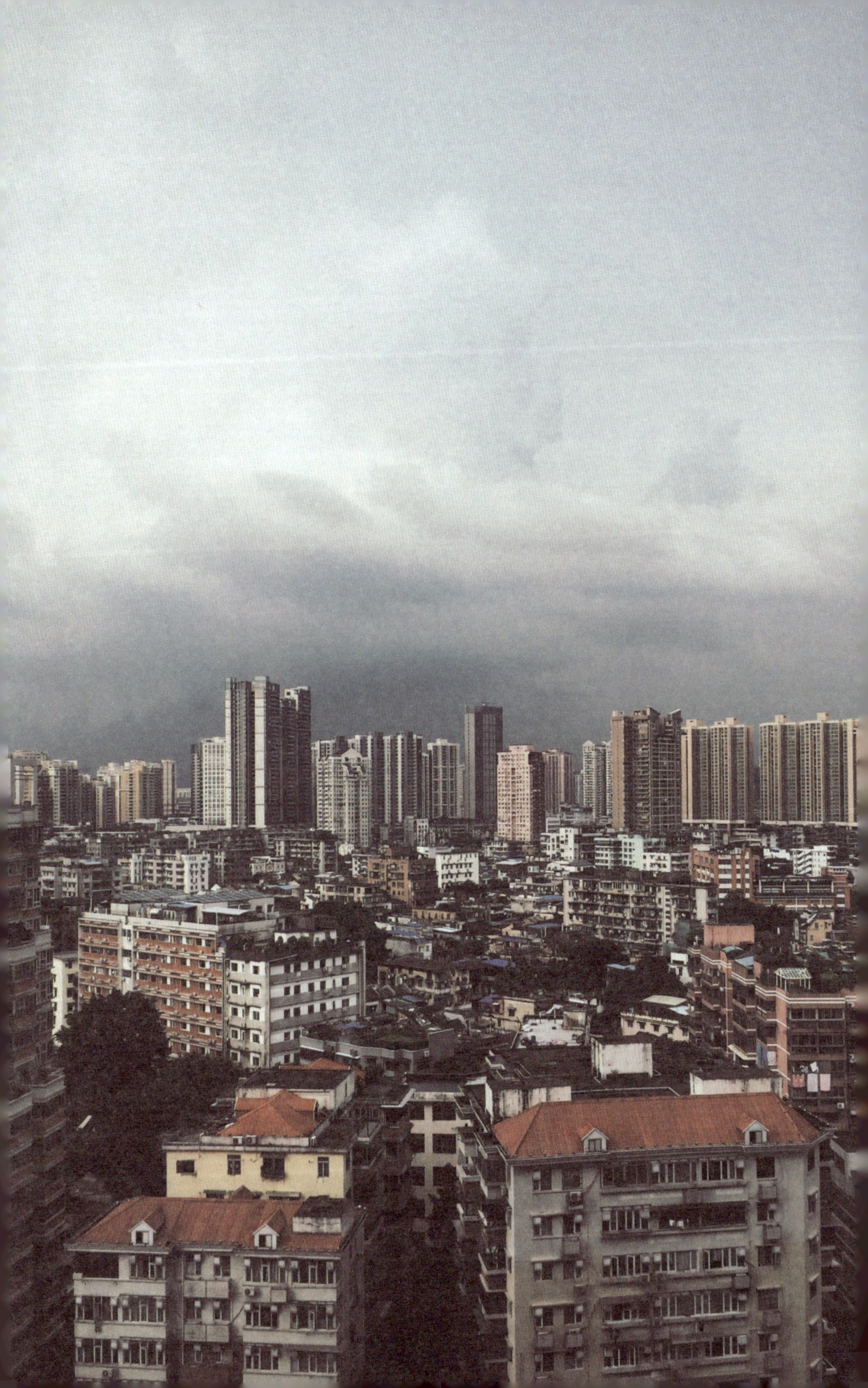

奔忙的人那么多，才不止你一个。

挥别错的才能和对的相逢

你会叹息爱人的离去吧?
你会想念共同经历的过往吧?
你会回忆那些共度的日子吧?
你会为每一次的失去伤心吧?
……

我也会。

关于失恋后的表现,我身边通常有两种人:一种人痛彻心扉,夜不能寐;一种人强忍着心痛,佯装潇洒,为了尊严与面子苦苦撑着决不低头。一般前一种人哭着哭着慢慢地随着时间的流逝也就好了,后一种人忍着忍着忍到后来也就真的不难过了。总之,都是时间的问题。当然,也不排除总有人会经历一些过不去的坎儿,愈合不了的伤和忘不掉的人。

L小姐,她是除去这些常规可能的另一种人。

L小姐是我的好朋友,跟我不在同一座城市。我们之间有个习惯,大概两三个月会通一次长电话,向对方汇报自己的近况,说说最近发生的事,工作上的、生活中的、感情上的。不过这一次,因为我们两个人都很忙，大概有半年没通过电话了。

今天下午接到她的电话，听到她熟悉的声音："最近还好吗？"

"还不错，算好吧，哈哈哈！你呢？"

她比我淡定，没有那一连串的"哈哈哈"，不过也挺坚定地说："挺好的呢。"

按照惯例，我们一定要问及彼此的感情状况。

我问她："你跟你那位还好吧？"我期待她像以前一样回答我："嗯嗯，挺好的。"我也等着她跟我汇报他俩最近又发生了什么有意思的事。不过这一次，并没有。

她说："分了啊。"

她说得很轻松，我忍不住又确认一遍："分了？骗人的吧！怎么可能！"

她说："真分了，不骗你。不过我没事。"

"怎么会这样？你们不是都见过家长了吗？不是一直挺好的吗？前不久我还看到你在他朋友圈里评论呢！"我完全不淡定了。

"是啊，以前是挺好的啊，不过我们都深思熟虑过，很多事情没办法解决，只能算了。我们是和平分手的，两个人都没有做错什么，没有闹得不开心，没有变成仇人。所以我之前还评论过他朋友圈。"她真的比我淡定。

我有好多好多的疑惑，为什么会分手？尽管他们毕业后一直是异地恋，可也一直在努力解决中，不至于分手吧！我还疑惑为什么L小姐这么平静淡定？不难过吗？听她说话的语气我能确定这样的平静不是装出来的。

她应该懂我心里的很多个为什么，所以很耐心地跟我聊起来。

她说："我们在不同的城市，而且相隔那么远，之前我很想跟他在一起，我们很正式地见过彼此的家长，我也考虑过要去他的城市发展。我甚至以前都想过我们以后共同生活的场景，我去他的城市，他当医生，我当老师，两个人朝九晚五上班，安安心心工作，安安稳稳生活，过平淡日子。

"不过，慢慢走到谈婚论嫁这一步的时候，开始涉及越来越多的问题，比如两个人的家庭、生活习惯、人生观、价值观等等，才发现我们很难融入到一块儿。与经济物质方面倒是没有关系，只是我们各自的家庭氛围、家庭成员的观念完完全全不一样，因此产生了很多不必要的矛盾。这已经不是个人迁就的问题，而是各自家庭中根深蒂固的观念和习惯，本质上很难改变，无法融合。我们在相处的过程中，已经出现了一些不愉快。有了更多的了解后，我家人并不支持我跟他走，他家人也反对他过来。所以，我们只能算了。"

她还跟我提到了很多具体的事例和细节。听完后，我一改之前的不淡定，反倒是特别支持她做出的这个决定。但我还是很不放心地问她："你真的不伤心吗？"

她说："应该说很平静吧。毕竟我们是和平分手，不吵不闹的，没有必要撕心裂肺。现在，我已经想通啦。可能因为我是射手座吧，洒脱！哈哈哈！"

如果初识L小姐，你听她轻描淡写地说这些，肯定会觉得她是个特别没心没肺的人，理性到近乎无情了。但我了解她的为人，她的过往，她对事情的处理态度和方法。所以我明白，她做出所有的决定绝对都是经过了深思熟虑的。旁人看起来轻松，她心里的挣扎思考和权衡又怎会轻松呢。

有人说："每一个成熟的现在，都有一个幼稚的过去。"所以我常常觉得，每一个看似潇洒的人，他们大多都经历过一些心酸的过往。L

小姐在这段恋情之前，曾经历了一段整整七年的恋情，那段恋情填满了她整个青春，那么纯粹美好的感情却因为对方的出轨而宣告结束。她主动提出分手，分手后的第一个月，每晚做梦都梦到那个让她伤心的男孩。第二个月开始整晚失眠，眼泪控制不住地流出来，流进枕头里，她清清楚楚地记得那些难熬的日日夜夜。她说："最深的痛，在那些日子里都经历了，毕竟七年，要做到真正的放下得多难啊。"不过她也总算从旧的恋情与伤害里走出来了。

有些路啊，深一脚浅一脚地，独自往前走。深夜里的哭泣，白天里的逞强，一一尝过滋味，然后就扎实地长大了，不再害怕，不再畏惧。她没有因为那些伤害就让自己变成不可靠近的刺猬，她治愈了自己，再用平静的姿态和依然柔软真挚的心去接受新的感情。

这一次，她爱得甜蜜，爱得踏实。我们都期待这段感情开花结果，只是因为很多现实的原因，终究成为过去。我为她惋惜，同时也为她感到庆幸。毕竟，她用心经营过、努力过，她为自己坦然做出抉择，丝毫没有后悔。

在一段异地恋里，一旦走到谈婚论嫁这一步，就一定会面临"到底去谁的城市"这个躲不掉的问题。是女方跟男方走，还是男方去女方那边？这个时候，不妨好好问问自己："对我来说，最重要的究竟是什么？我不能妥协的是什么？我能够迁就的是什么？"这样考虑可能更能帮助自己做出选择。

对于这样的问题，L小姐想得很明确，她知道自己不能离开家人去那么远的地方，她看重亲情。最重要的是，通过深入接触，她知道由于地域习惯、观念等一些因素，她很难融入到对方的家庭里。所以，跟男友沟通过之后，他们都愿意放弃。L小姐说："与其让自己以后很多很多年都在不断的妥协、怨恨、委屈中度过,不如现在干脆地放弃。暂时的难过、不舍都不算什么,以后长久的幸福才重要呢。"

在L小姐的身上,我看到了另一种可能:在爱情里,大可不必用痛彻心扉、撕心裂肺来证明自己痛快爱过,也不必用互相折磨来证明爱之深恨之切。

在一起时全心全意,分开时心平气和。这才是一个成年人该有的成熟心智吧。

毕竟啊,生活才不是一哭二闹三上吊的狗血剧呢!

L小姐说:"可能爱情有的时候就是被很多生活的细节打败的吧!不过也没什么可遗憾的,能认清现实也好过强求。我觉得他能遇到更适合他的。而我呢,可能因为以前经历过很痛很痛的时刻,那么伤心的时候都撑过来了,现在再经历失恋,就平静很多了,觉得没什么是不能面对的。我还是要等,我依然相信,能遇见对的人。"

你相信吗?挥别错的才能和对的相逢。

生活大多数情况是：没点的那道菜更好吃，没买的那件衣服更漂亮，没去的那个地方更美丽，没在一起的那个人更合适，没走的那条路更顺畅……

不是因为他们真那么好，而是你还没试过。他们的不好，你通通不知道。

大概每一次的成长都用了足够的耐心，

也愿意用心迎接每一个节点，往事才得以安放妥当。

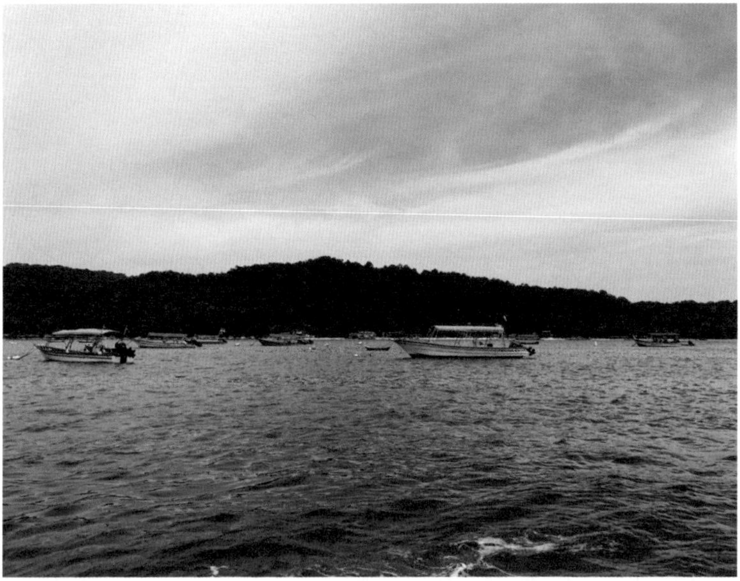

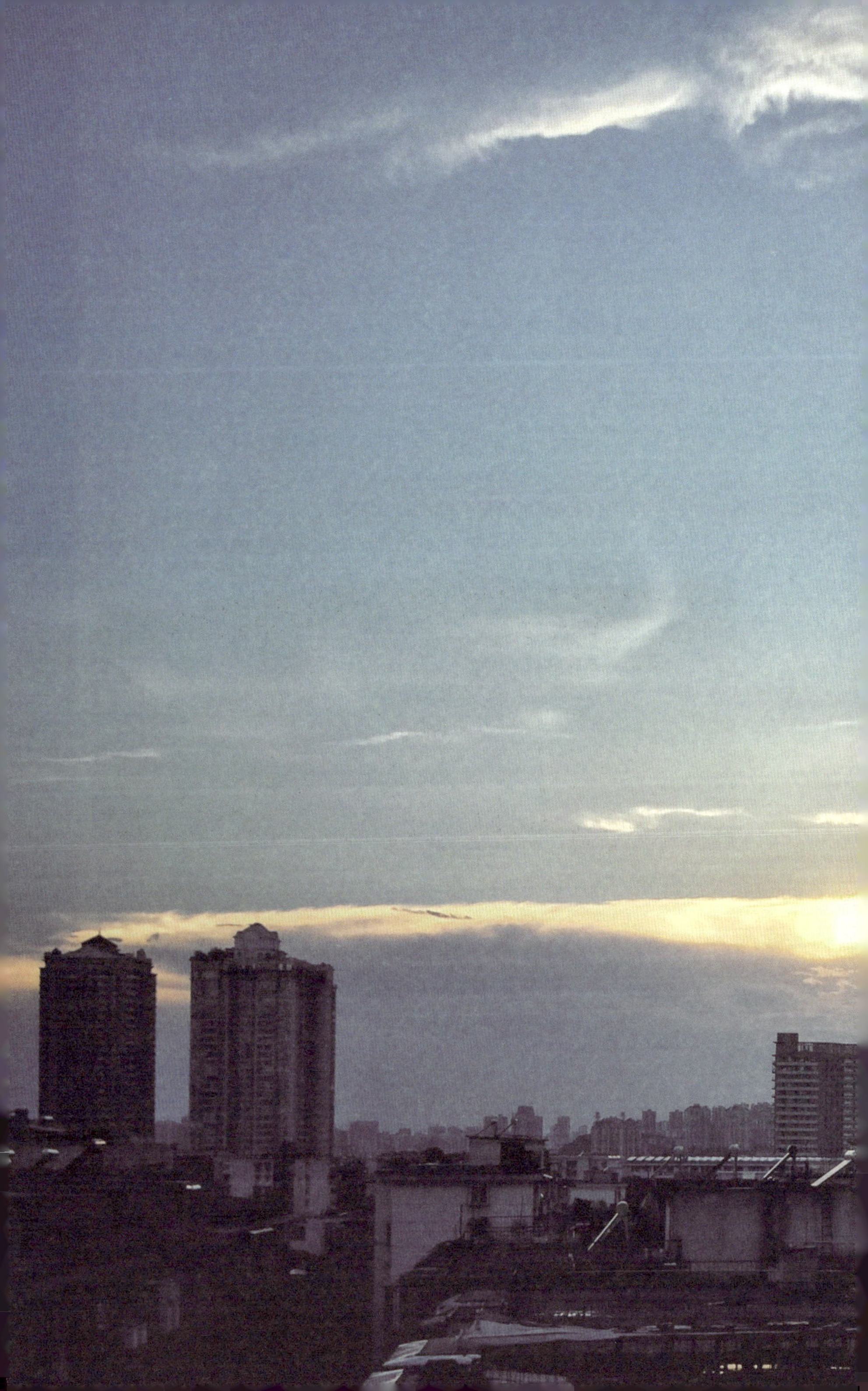

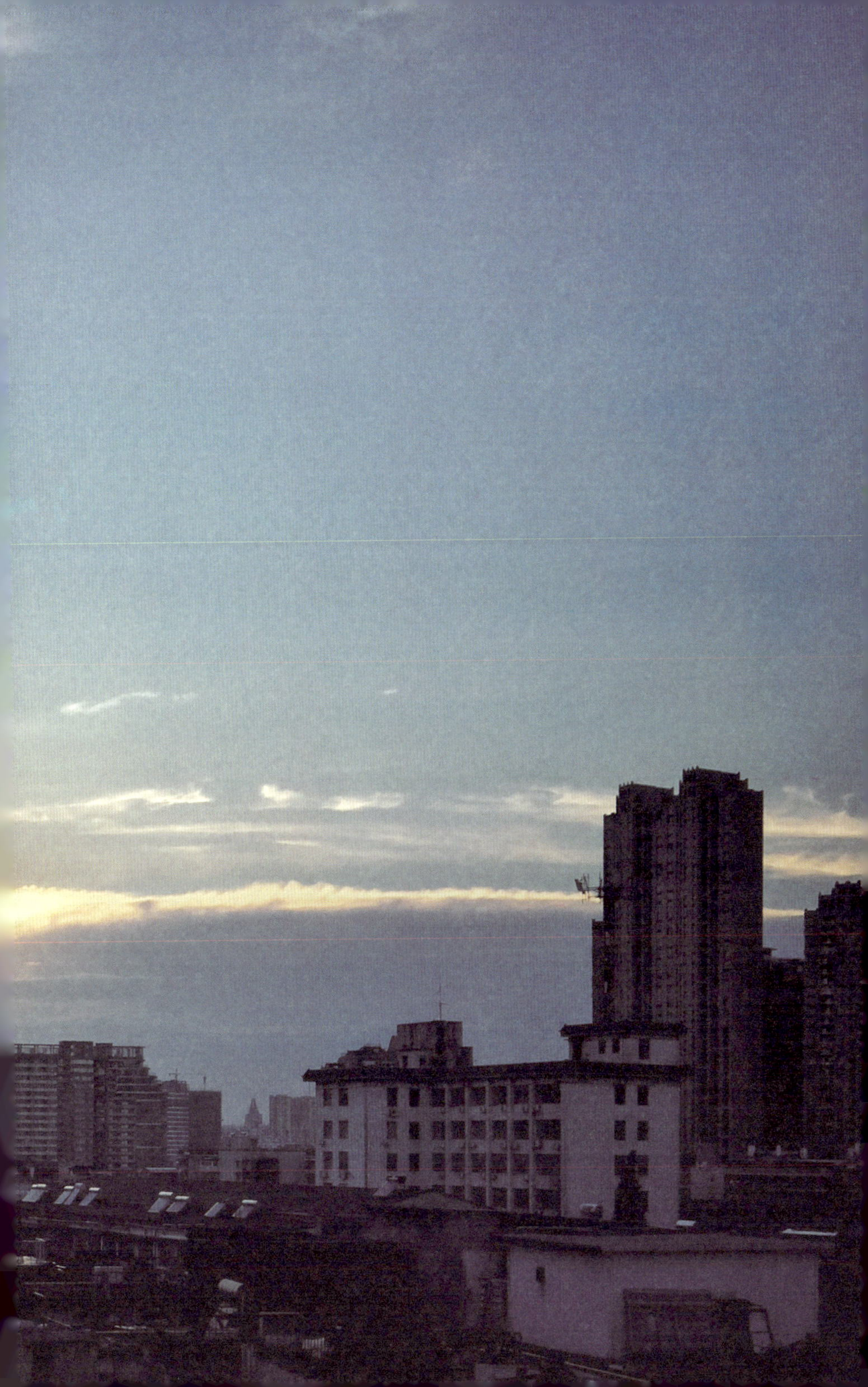

因"缘",则无"怨"

人与人之间,相识、相爱、别离,这长长短短的过程,意义究竟是什么?为了在茫茫人海中寻觅能共度余生的伴侣?还是为了让乏味的人生多些日后想来回味悠长的故事?或者只为了牢牢握住那来之不易的怦然心动?尽管,很多时候我们自己都不知道,那不期而遇的心动能在自己跳动的心房里持续多久。

不得不承认,长大以后,心动的次数会变少,寂寞的时日会增多。当为数不多的心动撞上经年累月的寂寞,便有了开始一次恋情的理由。

筱筱大概有一年没与我联系了,但微信朋友圈的存在让我也能时不时了解她的动态。她的朋友圈发得比较勤快,内容无非是下班后一顿顿丰盛的美食,偶尔兴奋的姐妹趴,假期的浪漫短途旅行……我想她应该过得很快乐。直到某天晚上我收到了她的微信:"你发的文章每篇我都看,如果可以的话,我想把我的故事说给你听。"我立马回:"好啊!"

她秒回:"现在可以吗?我想给自己留个念想。"

看到这句话的时候,我知道,她多半是失恋了。

她告诉我,发生了太多事,她特别想告诉我很多细节,只有想到哪儿说到哪儿。于是,那晚,我就在她发给我的大段大段的微信文字和语音里，发着呆，整理着她的故事，也反复问着自己："爱情，真的多半都是伤人的吗？"

筱筱毕业刚去单位实习的时候，面临着一次PK，也是单位领导对新人的一次考核。她PK的对象是比她大几岁的一位男同事，算是前辈了。筱筱年轻气盛准备大显身手，谁知这位男同事也丝毫没有让着她的意思。后来，PK结束，筱筱胜出，但是她心高气傲依然对这位"对手"怀恨在心，全然不顾对方是自己的前辈，直接指责对方这种没有绅士风度的做法。这位男同事也特别小心眼儿地记恨筱筱这个不懂事的实习生小妹妹。那时的筱筱无论如何也没想到，她职场生涯里的第一位"敌人"，后来会成为她牵肠挂肚爱着的人。

筱筱顺利入职，跟这位男同事的接触也多了起来，不知是不是冥冥中的缘分作祟，他们常常被安排一起处理同一件事，值班的时间也大致相似，工作任务也大多都有关联。一来二去，曾经的"死对头"也磨成了好朋友。原本当好朋友很简单，相安无事，可对方偏偏是一位不折不扣的暖男。筱筱说："大冬天里我手凉，他会让我把手伸进他的袖子里取暖。"慢慢地，两个人变得暧昧，一个假装有爱，一个假装有未来，不过谁也没有捅破这层窗户纸。

但凑巧的是，某次单位安排他俩共同去完成一个接待任务，那次外出的工作很辛苦，晚上他们只能在草原上的大巴车里过夜。大草原晚上寒风阵阵，筱筱冷得睡不着，暖男非常贴心地过来抱着她。这是筱筱最为感动的一个场景，她说："大巴车的座位一个人躺着已经很困难了，他居然抱了我一整晚。"应该是从那时起，筱筱认定，这个人会成为她的男朋友。

后来他们回城的当晚有应酬，喝多了也喝累了的两个人选择在外面开房。迷迷糊糊睡到第二天一大早，发生了关系。筱筱没觉得有什么不妥，她天真地觉得对方跟她一样的想法，认定他们已经在恋爱了。筱筱对他说："我以为我会是你女朋友。"可对方迟疑的态度让她吃惊又受伤。筱筱说："那是我的第一次，我是认真的，我以为他会让我当他女朋友。"事实证明，生活中很多的"我以为"都是错的。你以为，他对你好是出于爱；你以为，他向你靠近是准备牵起你的手让你跟他走。然而，未必。

还未真正开始一段恋情就已经失恋了的筱筱，从那天起，开始否定自己的一切。她变得没有自信，生活也一团糟，心里的伤痛连带着身体的不适狠狠影响着她原本风平浪静的生活，生病、抽血、输液……

人在难过的时候特别容易自暴自弃，这自暴自弃里，一部分带着一丝独自无奈下的痛快，还有一部分，实际上是在心里暗暗较劲，希望这份糟糕能引起那个人的注意。

筱筱萎靡不振的生活等到了一丝微光。她放不下的那个人，终于在某天好像良心发现一般，找到她，跪在她面前，向她表白，要当她的男朋友，保证从此之后爱护她疼惜她。当筱筱终于从痛苦的日子里抽离出来，觉得幸福终要来到的时候，一切，却只是刚刚开始。

他们在一起后，筱筱发现男友经常接别的女人的电话，语气明显尴尬。筱筱也知道男友身边有很多女人，她没办法表现出大度不在意，为此他们争吵不断。直到有一天，男友的前女友找到筱筱，告诉她事情的真相："其实我们根本没有分手，只是吵架了，他那时才会与你暧昧。"晴天霹雳，筱筱在不知情的情况下居然做了第三者——她曾经最看不起的那一类人。她现有的经历实在不足以面对这纷繁复杂的纠葛，她满腹心事熬到夜里两点依然无眠，给男友打电话，质问他究竟怎么回事。男友半夜里来见她，一整晚都在跟她解释，她心里一软，选择原谅。筱筱说："他前女友对我说的很多我都没有转述给他，比如：他用的苹果手机、Gucci的包，甚至CK内裤这些名牌东西，都是他前女友买的。我都忍住没说，我希望给他留点尊严，也算是对他过去感情的尊重。反正当时，我选择原谅他，只要他好好跟我在一起。"

从那时起，他们度过了一段特别快乐的时光。男友终于不再接那些来路不明的电话了，每隔两个小时没见筱筱就会给她打电话，给了筱筱细致体贴的关怀。他像宠孩子一样宠她，他对筱筱说："我是你的小爸爸。"那段日子，筱筱最爱的是冲进他的车里，蹭蹭他，觉得那是最幸福的事了。他会给筱筱很多惊喜，偷偷订了两个人的机票，对她说去附近玩，结果筱筱在车里找到了他准备好的任务卡，上面写着："飞往北京，在欢乐谷度过你愉快的一天。"筱筱沉浸于这样惊喜又幸福的日子，波澜不惊，让人安心。

可某天，平静的生活再次被打破。男友的前女友再次联系到筱筱，说自己被这个男人欺骗了感情又被骗了钱，所以要把钱要回来。筱筱这一次选择什么都不说，她努力平复自己的心情，也努力维持着表面的和平，装作什么都没发生，小心翼翼地维持着来之不易的感情和幸福。她说："不管那么多，我只想在乎现在。"

表面维持得再好，也不代表心里没间隙。心里的忍耐换来的是两个人相处中更多莫名其妙的怒火和争吵。直到筱筱出差去云南，一件小事成为导火索，引发分手。男友对她说："我受不了了，我觉得亏欠了你，让你受了委屈，我想拼命对你好，我小心翼翼，生怕你不高兴，但是我做不好，我太累了。"

这算是借口吗？很熟悉的借口。往往一方提出分手，有一句屡试不爽的话："我还爱你，很爱你，可是我怕让你受委屈，我太累了。"

太多人喜欢这样表达自己的退缩：因为爱你，所以离开你。好像这样说，就能减少自己心里哪怕一丝的愧疚。

我一条条点开筱筱发给我的语音，她的声音微弱却坚定。我听到她说："分手之后我特别难过，我们还在一个办公室，我每天见到他都不说话，我必须为自己保持一个气场，就是没了他我依然过得很好。我每天下班之后都会跟不同的人吃饭、看电影，可是电影散场，灯亮起来的那一刻我又很害怕，我希望我旁边坐着的人是他，可是灯一亮，却是别人，那种感觉特别差。不过我没办法，我要让自己看起来过得很丰富，所以我疯狂地在朋友圈晒各种吃到的美食、有趣的事情。后来我发现我不能进入这种怪圈，我就把他屏蔽掉，让他看不到我的动态，我也就没了发朋友圈的心思。"

怪不得听人说过这样的话："很多人拼命在朋友圈、微博，甚至在QQ空间里发照片，无非就是想让另一个人知道自己的生活。"

其实后来，他们也有过短暂的相处，筱筱在心里假设着，假如自己再往前走一步，他们是不是又能和好。但她忍住了，她知道自己不能再次重蹈覆辙，受到更多伤害。她在努力修复心里的伤口，试着放下这个每天都会出现在自己眼前的人。让她没想到的是，对方在分手不久后就有了新的女朋友。这女孩主动联系到筱筱，追问他们的过去，追问这个男人的那些感情纠葛。筱筱选择沉默，她对那女孩说："我就是从你这个时候过来的，害怕，没有安全感，但如果你信他的话，就什么都不要问。关于他的过去，他跟你说什么，就是什么，你信他就好了。"

筱筱不想再去"恨"。因为她知道，那个让她伤心的男人，与她分手后，依然在离她不远的地方帮她、关照她，他们之间什么都不说，但什么都懂了。自此之后，不再纠缠，也不带怨念。筱筱说："我本来可以把他过去种种都对他现女友说，以此泄愤。但我忍住了。因为，我至少没有因为这段感情而让自己变成一个坏人。"

筱筱对我说这些的时候,我正在读秋微的那本《莫失莫忘》,我把里面的一句话发给她:"如何遇见不要紧,要紧的是,如何告别。当回忆时,心中仍旧生出温暖,那终究是一场善缘。"

我没办法轻描淡写地说筱筱经历的这一场爱恨是"善缘",但我依然相信人与人之间的相识、相知、相爱、别离,都是缘分,缘分到了便相识,缘分尽了便别离。有些人,好像是冥冥之中命运的安排,躲不过逃不掉,该出现时定出现,该离开时终离开。筱筱说:"遇见他,是我命里的劫数。"

缘分也罢,劫数也罢,遇上了,经历了,接受了。即使不能遗忘,也等着放下就好。她在酒后微醺的夜里对我说着这段弥漫心头的经历,最后,她说:"如果你写出来了记得给我看,这些记忆,是我能抓住的唯一了。"

有些事,只有当你切身经历,为它伤筋动骨之后,才感受得到它留在你身体里和心里的切肤之痛。我听着梁静茹唱着那首《纯真》,希望筱筱抚平伤痛的时间能够短一点,再短一点。

在无声之中你拉起了我的手
我怎么感觉整个黑夜在震动
耳朵里我听到了心跳的节奏
星星在闪烁
你会怎么说
你已经有她就不应该再有我
世界的纯真此刻为你有迷惑
我想我应该轻轻放开你的手
我却没有力气这么做

你是否还愿意谈一场慢半拍的恋爱

我一直有个习惯，倾听身边每一位愿意跟我诉说的人的爱情故事，如果可以，我会记下来。无论是在倾听还是在记录的过程中，我自己都收获了感动，我一直觉得这就是我做这件事的初衷和动力。

人长大了会逐渐变得麻木，感动的次数会日益减少，当然也更显得珍贵，所以我珍惜每一次"感动"。可惜的是，这些珍贵的故事越来越少。我常常在想，到底是我麻木了，还是大家都麻木了？

也许，因为人的精力是有限的。我们随着年龄的增长，要面对的世事纷扰也会增多，逐一分配了原本就有限的精力，那么，能够留给"感情"的精力也会越来越有限吧！于是滋生出了一句话："大家都很忙，没时间谈恋爱。"

早在三年前，我身边的一位好友就对我说："你别整天沉浸在你自己对爱情的沉迷中，趁早找个爱自己对自己好的、各方面条件都不错的人，直奔结婚而去。这样多好，用不着自己再耗费时间、感情和精力。"说这话的时候，她刚刚跟谈了整整一年的男友分手，准备接受她妈妈为她安排的相亲。她继续笃定地说道："长辈给介绍的一般都不错，这男的家里条件非常好，自己的工作也不错，努力上进，比我大八岁。我们见面后只要感觉还不错，下半年就可以订婚啦！多好！"

三年前的我对爱情与婚姻的认识单纯、浅薄，对这种通过相亲认识，然后直接闪婚的事情惊讶又反对。我不解地问她："你连对方的面都还没见着，你们也还没来得及好好相处，你怎么就想着跟他订婚呢？"我的好友很淡定地回答说："因为我已经没了为一个人付出感情的心思啊，我再也不想傻傻地一门心思谈着没结果的恋爱了，我不想自己整天为了一个人心累。我觉得不付出什么感情，条件合适就订婚结婚，这挺好的啊，很轻松。"我看着她淡定的神色，听她说完这些话，第一次觉得她瞬间变老，脸上没了曾经动人的光彩。

末了，她补充道："女孩子的青春很短暂的，别陪一个人耗来耗去，耗到自己老了也没个结果，年纪大了就挑不到好男人了，到时就是别人挑你。"

那时，她才二十岁。我不明白，一个二十岁的女孩子，怎么就有了如此强烈的对年龄的恐慌、对爱情的厌倦。

三年后的现在，我再回过头去想想那时的她，以及很多跟她有着同样想法的人，我已经能够理解了，也不再很绝对地对相亲、闪婚这样的事持反对观点。因为我知道，这无非都是平常事，见怪不怪。三年来，我身边的朋友相亲的不在少数，相亲成功或失败的都有，急于融入陌生的圈子认识陌生人，想要迅速坠入爱河的也不在少数，甚至前两年我自己还单身的时候，也曾迫切希望能有人给我介绍合适的对象。

那时，我才突然懂得，大多数年轻人恐慌的是什么。表面看来，我们怕的是长辈的喋喋不休、七大姑八大姨的操心以及来自于周遭环境的眼光与压力，怕听到那句熟悉的"怎么还不找对象啊"。实质上，我们的恐慌无非来自于自己心里的比较。看到哪位老同学恋情稳定开始谈婚论嫁了，于是自己急了；看到一起长大的小姐妹早早找到事业有成的稳重男，于是自己羡慕了；看到兄弟早早迎娶爱妻喜当爹，于是自己慌了。

生活中，我们多少的恐慌来自于自己心里的比较？心里的那杆秤衡量再衡量，害怕来不及，害怕开始于同一起跑线的人纷纷越跑越快，而自己落在了后面。

就像我自己最渴望结婚的那一年是十九岁，没错，就是这么小的年纪。那时我还是一名大三的在校学生，让我突然渴望结婚的原因很简单："十一"假期回家，我参加了一场婚礼，我的一位高中女同学嫁给了我们当地一位有名的富二代。

当时对婚姻没有任何概念的我，见识了她风光无限的婚礼之后，想当然地以为：一个女孩子，只要年轻漂亮就能嫁得好，可以通过婚姻免去在这世间的打拼之苦，简单便捷地获取财富以及幸福。我清楚地记得那天参加完婚礼后，我好像突然找到了人生新目标一样，下定决心要迅速物色良人，然后尽快结婚。甚至当天晚上我在与家人谈及这个话题的时候，突然就莫名其妙地哭了，一面抹眼泪一面委屈地说："同样的年纪，凭什么别人的婚姻就来得那么容易，为什么她能这么早就碰上适合结婚的人，凭什么我还要回到学校，还要接受那么无聊的校园生活……"

当然，后来的我还是按部就班地继续上学、实习、找工作，生活没有一丝改变，并未实现那会儿迅速嫁人的愿望。

现在想来，觉得当时的自己天真又可笑。那会儿的我，见识与经历都少之又少，不懂得生活从来都不是简单的事，也不明白人生根本就没有捷径。更重要的是，当时我根本就没有弄清楚自己究竟想要什么、适合走什么路。那个时候，我的思绪是极其混乱的，一方面对自己的现状不满意，另一方面对那位早早嫁人的同学充满羡慕。

庆幸的是，在我家中长辈里，有一位最懂我也最善解人意的小姑，她看到我的慌乱，并没有以过来人的身份指责我，只对我说了几句话："有时候，幸福来得太早并不是一件好事。你还年轻，很多东西并非你现在能够拥有。来日方长，你怎么知道以后你就不会过得更好？"

那是我第一次，学着用更长远的目光来看待自己的生活和处境。

确实，过了那段时期，我的心态又平复了，不再满脑子充斥着嫁人的念头，也不再把自己的整个人生寄托于一个尚未出现的人或者一段婚姻。

距离那时已经四年了，当年风光嫁人的女同学已经有了一个三岁的儿子，婆家殷实的经济基础让她不用出去工作，所有的时间、精力都留给整个家庭。与她同龄的我，似乎走得慢多了，初入职场两年，恋爱一年多，还未结婚，依然时常沉浸在自己的小情小爱小心思里，也偶尔做着自认为很重要的梦……如今看来，她有她的快乐或忧愁，我有我的喜悦或悲伤。哪怕我们走向了不同的人生轨迹，但谁也没能真正逃过每个时期如期而至的生活给予的考验。我真的无法评判我们这两种生活到底哪一种更好。我更愿意相信：只要喜欢自己目前的状态和生活，就一定是好生活。

最近我突然问自己：假如，给你一次选择的机会，回到十九岁，你愿意选择她的那条路还是自己的这条路？我很肯定我依然会走自己的路，因为我知道这种生活才是适合我的，我也终于不再像当年那样，盲目去羡慕别人。

所以啊，人很容易把自己困在一个自己所见到的圈子里，你会自觉或不自觉地跟这里面的人比较，别人之所得会被你看在眼里，成为你衡量自己的标准。这种内心的自困，成为我们恐慌的来源。有了恐慌，便开始着急催促自己："赶紧去认识新的人吧！赶紧恋爱吧！不合适赶紧分手吧！合适赶紧结婚吧！赶紧赚钱吧！赶紧买房买车……"

所以,"快"成了褒义词;"慢"成了贬义词。

二十岁出头的年纪,太多姑娘在感叹自己快老了,来不及好好谈场恋爱了;太多小伙子在感叹自己挣钱太慢了,来不及拥有车子房子了。

我身边有姑娘给自己的结婚对象列出了个标准对照表,不符合要求的男人连当她朋友的资格都没有。她说:"我没时间跟人耗,也不值得。我想要的就是个结婚的人,就这么简单。"

有位男性朋友去年上半年还在追我闺密,那会儿天天缠着我给他支着儿。可下半年他的微信朋友圈里就已经有跟另一位姑娘的亲密合照了。再到今年年初,他突然跟我说:"我看到你微博那天发的合照里有个女孩挺可爱啊,介绍给我呗。"我问:"你不是有女朋友吗?"他回答:"上星期分了啊,哥现在是单身。"

我脑子里迅速回顾着他一年之内转换心上人的速度,我特别想问他:"你喜欢一个人可以这么快速吗?忘掉一个人也可以这么快速吗?"从什么时候开始,爱情变成了速食品。

也经常会有长辈或朋友问我:"你跟你男朋友在一起一年多了吧!怎么还不结婚啊?"从最开始抗拒这种问题,到现在习惯周遭的疑问,我很少去跟任何人解释什么,我始终觉得,感情是自己的事,不一定非得别人懂。至少,遵循自己的节奏很重要,我深知自己是一个慢热的人,谈恋爱也如此。一段感情里的两个人,原本是两个陌生的个体,然后相识、了解、相知、相爱、相处,这并不是一个短暂的过程,需要时间。什么时候该见家长、什么时候谈婚论嫁、什么时候订婚结婚,也是一个自然而然的过程,看两个人感情发展的程度,到了合适的时候自然能走到那一步,而不应该把这一切都当成任务一个一个去完成。

有人说:"恋爱不就是为了结婚吗?反正是早晚的事还不如早结

早了事。"可是，结婚并不是一个"结果"，并不是像童话故事里说的："王子和公主从此幸福地生活在一起。"现实生活中，人人都不是王子公主，只是普通男女。结婚并不是一个结局，而是一个开始，这之后有太多顺利或不顺的日日夜夜需要两个人携手走过。假如，并未深入了解，也没来得及耐心磨合过的两个人，就这样仓促步入婚礼殿堂，他们之后的寻常日子真的就能幸福吗？这样薄弱的感情基础如何敌得过日后柴米油盐的琐碎和一个新家庭的打磨？

感情里"速战速决"是否真的是对自己负责的做法呢？我们是不是非得这么急不可耐呢？

你是否还愿意多留一些时间给一个让你"心动"的人，而不是急于奔向下一个目标？你是否还有耐心与一个人完完整整经历一场恋爱中的所有悲欢离合？你是否还愿意谈一场慢半拍的恋爱呢？

你在
不怨的世界里
成了
更好的自己

你说，

幸福

有迹可循吗

第四辑
CHAPTER FOUR

困意既出，早说晚安。

异地恋，会好吗？

我鼓起很大的勇气来写这篇文章，因为我要写我自己。这很容易，同时又很难。容易在于，我不需要为故事情节绞尽脑汁，因为它真实地存在着，我只需要记录；难在于，我将为这些文字倾注切身的情感，要把放在自己心里面的，以及经历过的最真实的东西完整地掏出来。"耗费情感"对于现在的我来说是一件辛苦的事，我更愿意写些风轻云淡的东西，让读的人读完舒畅，也让我自己心里轻松。

我一直认为：越是对自己重要的东西，越是不会表达出来，放在心里是唯一的归处。

不过，时不时还是会有听众或朋友与我聊起"异地恋"这个话题，我无法告诉别人"应该怎么做"，我只能说："我是这样做的……"

其实很长一段时间里，我羞于对人说："我现在坚持的是一段异地恋。"因为对于一个已经工作两年的人来说，接受一段异地恋显得很不理智，很不懂事，再加上了解我的朋友知道我曾在异地恋上栽过跟头，定会说我："你怎么不长记性呢，以前吃过亏还不明白吗？两个人不在一个地方根本不靠谱！"

所以，刚刚开始这段恋爱的时候，我经常会跟朋友解释："我们的城市相隔不远，都在广东省内，见面很容易的。而且他跟别人不一样，他很靠谱的。"以前看过一句话：当你对一件事不自信的时候，才会频繁跟人解释。跟别人解释的同时也是在为自己打气。

也许吧。刚开始的时候真不敢确定开始这段恋爱好不好，对不对。我自己都没底气，不看好，所以对别人解释那些也像是在给自己坚持下去的理由。

我与男友的相识源于他是我工作后的好同事兼好闺密的高中同学。我的闺密当初准备把他介绍给我时特别肯定地对我说："相信我吧！你们俩很配，无论是性格还是为人。"在我闺密眼中，我们俩都是她认定的"好人"，很善良很好相处。把我俩凑成一对，她觉得谁也不会欺负谁。不过，我在珠海，他当时还在韶关，尽管距离不远，但毕竟是异地。最开始，我们纯粹是微信交流，偶尔电话。这样语音往来几个月后，某个周末他突然说要来珠海看我，我们才见面。尽管后来得知，他当时并不是特意来看我，只是要去广州买车，而那家4S店又离广州南站很近，他就顺道去广州南站坐城轨来珠海，但我还是爱感叹：一切都是缘分！

我是个很相信直觉和宿命的人。清楚地记得当我闺密把他的微信号给我的时候，那天晚上睡前我突然有种很强烈的预感，我与这个还未见面的人一定会发生些什么……后来他来珠海找我，我们第一次见面，我一看到他，就觉得我们见过，一说话聊天就跟认识了很久的老友一样。那种感觉很奇妙，并不是一见钟情，怦然心动，而是毫不陌生，初次见面待在一起一点也不尴尬。他对我应该也是这种感觉，所以后来我们特别自然地在一起。

真的从来没想过这么重视浪漫的我，会这么不浪漫地开始一段恋情。

更不可思议的是，我的他，完全不知道浪漫为何物。大我五岁的工科男，从事建筑行业，木讷，实在，闷。与他恋爱后，我身体里那些浪漫因子好像在一点一点消失。我一直觉得异地恋是"漂洋过海来看你"这样的深情，而发生在我们之间却变成了一个好玩有趣的过程。我们刚在一起时坚持着周末只要两个人都有空就要见面。他当时负责的工程在韶关丹霞山景区，所以我去看他就当是旅游，每次都期待看到不一样的风景，吃到有特色的山间野味，去的频次多了就把韶关市区也玩了一遍。如果是他来珠海看我，我就带他吃遍我平时寻觅到的很棒的餐厅。我厌倦千篇一律，当然会拉着他到处尝鲜，只要他对我推荐的餐厅赞不绝口我就很有成就感。偶尔，我也会给他做一顿饭，尽管我的厨艺很一般，只能做家常菜，但每次我们都会吃得很香很开心。

再到后来，我们就开始尝试一些短途旅行。用周末的时间去离我俩都不远的城市玩，比如：广州，佛山。我们从各自的城市出发，在约定好的城市见面。都说"检验一对情侣合不合适的可行办法就是一起去旅行"。这一定是真理，在旅行的过程中能暴露各自性格里最真实的那一面，还能看看两个人的金钱观、价值观、生活习惯等是否能保持基本的和谐，甚至能反映出每个人处理问题的态度和能力。

事实上我俩的每一次旅行都不完美，甚至总会发生一些让人啼笑皆非的"倒霉事"，有点"人在囧途"的味道，也不可避免地会发生分歧，尤其是佛山行可以用"一团糟"来形容。不过那次离开佛山的时候我对他说了一句话："尽管我们一路发生了很多不愉快，也出现了各种小问题，但难能可贵的是，我们竟然没有吵架。"这句话也延伸到了之后的相处中我们每一次闹矛盾的时候，他不止一次对我说："问题肯定会有，但我们可以解决，就像当初在佛山，无论怎样我们都不吵架。"

这也是当有人问我"该不该坚持异地恋"这样的问题时，我一定会强调的："你的另一半，愿意跟你一起解决问题吗？如果你们两个人都愿意风雨与共，那这段感情基本上值得坚持。如果是你一个人在悉心维持，努力坚持，你的另一半一遇问题就逃避，那还有什么坚持下去的必要呢？感情是两个人的事。"

可能由于分隔两地的原因，相处沟通确实没有那么多。这样最容易导致的问题就是，其中任何一方遇到烦恼麻烦的时候，另一个人都没办法给予最及时的陪伴。那时他在工作上遇上难题或者压力很大时，他不会跟我说，但是在电话里我明显能听出他情绪的不对劲，这是个很让人抓狂的过程。他在电话那头闷不吭声，烦恼重重；我在电话这头一无所知，干着急，也容易发脾气，怨他不跟我说。或者我有什么烦恼，也不肯跟他说，总觉得他又不在我身边，什么也帮不上。选择憋在心里，然后跟他打电话时心情低落，甚至糟糕的情绪会传递给他，让他觉得莫名其妙。

这种状况在我们刚恋爱的半年时间里屡屡发生，为此我们冷战过、爆发过。后来想着这种做法真的要不得，本来就是异地恋，两个人见不着面，各自发生了什么对方更是一无所知，当然更需要言语上的交流沟通。哪怕对方不在身边，也要乐于把自己的一切与对方分享、分担。后来我们两人说好：以后无论有任何工作中或者生活上的难题都要及时说给对方听。这也是个互帮互助的过程，至少在心里，你能明白有个人时时刻刻在给你依靠，陪你面对生活里那些恼人的细枝末节，让你不必再独自承受一切。

还让我特别不满的是，每一次我俩生气之后，他都不会主动找我。很多女孩都有跟我一样的想法，觉得情侣之间吵架必须男方主动认错。但是他就是不懂主动，而且他是个"工作大过天"的人。每一次我们晚上吵了架，到了第二天他一忙起来就完全把我抛在脑后，前一晚的不愉快他一点都不往心里去。而在我这里就是另一个极端，我会时时刻刻分分秒秒都想着我们吵架这件事，睡不好吃不好心情更不好，满脑子都是："他为什么还不给我打电话？我要不要拉下面子给他打个电话？"或者暗暗下决心："再过一天，他还不找我，我们就分手！"不过每一次我都会忍不住主动给他打电话和解，和解后又骂自己没出息。

尽管我觉得自己恋爱时就是个特没出息的人，但我真的庆幸当时每一次闹矛盾过后，我能把"分手"这两个字咽回去。我不想让自己在冲动之下结束一段感情，也不愿意给自己留任何遗憾。有很多人特别容易冲动行事，一发起脾气来就爱把"分手"挂在嘴边，如果真分手了又追悔莫及。何必呢？情侣之间，大多数不涉及原则问题的争吵，睡一觉过后你都会发现不过小事一桩，你甚至会奇怪昨天为什么要发那么大的火。

别让你们的爱败给了距离或时间，更别让感情在日复一日为小事的争吵中消耗殆尽。每一次在想要放弃的时候不妨想想对方的好，更问问自己："当初我们都有勇气接受时间与距离的考验，都走到这会儿了，为什么不敢再往前走试试看？"

当你在考虑要不要开始一段异地恋的时候，先掂量一下，你们之间的距离在你的接受范围之内吗？就像我们俩都在广东省内，我们见一面并不麻烦，这是我可以接受的距离。我见过一些朋友的异地恋，两人所处的城市相隔太远，再加之各自学业或工作繁忙，大半年才见得到一次，受着思念的煎熬和遥远路途的奔波，最后在不舍中无奈放弃不了了之。

真正开始了异地恋之后，更多的问题扑面而来：遇到困难对方怎么帮忙？彼此不信任了怎么办？怎样独自面对孤独？两人都太忙迟迟见不到一面怎么办？分开太久感情会变淡吗？

感情困惑是永远没有尽头的，无论你选择什么恋，即使不是异地恋，也会有这样那样的问题需要解决。到现在，我仍然觉得，异地恋对彼此的考验更多一点。心智还不够成熟的人，或者爱逃避问题的人，异地恋真的很难成功。我常常会对我男友说："幸好，你认识的是现在这个我，而不是以前的我，要不然我们早掰了。"因为我清楚地知道，曾经的我是典型的双鱼座女生，非常玻璃心，很黏人，时时刻刻都需要男友的嘘寒问暖，要不然就会胡思乱想。而现在的我，比过去强大一些，懂得要保留自己的空间，也要留给别人空间。

现在常听到一个词叫"独处"。我绝对赞同的观点是：人要学会独处，才能更好地与他人相处。首先，要有自己的生活，把自己的一切打理得井井有条，安排得满满当当，工作、读书、学习、交友，日子充实了，内心丰盈了，才会有一个平和的心态来接纳一段感情，接受一个人走进你的生命。而不是一个人过得糟糕透了，或者受够了空虚无聊寂寞，厌倦了一个人的生活，所以盼望另一个人的到来拯救自己。抱着什么样的心态去恋爱真的太重要了。倘若因为寂寞而接纳一个人，对这段感情的需求度和期望值都会非常高，本想要一段感情来填补心里的空白，后来会发现空虚的内心是个大洞，填不满也掏不空，日复一日，自己患得患失，对方无计可施仓皇而逃，草草结束。

忙碌的工作和充实的生活让我与我的男友哪怕分隔两地也没有太多的时间和精力去胡思乱想。专心工作，平时多聊天谈心，见了面尽兴吃喝玩乐享受相处的时光。

当然，真正的感情肯定不仅仅是"共享乐"，爱情也不是纯粹的浪漫。从2014年11月底我们恋爱以来，我们之间大事不多，但小事不断。他曾因工作的调动无比苦闷，甚至拒绝跟我说话，我也曾因突然而至的麻烦对他大发雷霆。我男友的工作应酬很多，倘若彼此缺乏信任，很容易有矛盾。我思想新潮，他传统古板；我是浪漫的双鱼，他是现实的摩竭，我们考虑问题的点不在一个调上；我感性冲动，他理性执拗，我们性格互补却又时有冲突；我爱赌气，他爱冷战……这些日子以来，他的工作地点从韶关调到了惠州，离我又近了一些；我从当初慌乱的"职场小白"也成长为了淡定的"老油条"；我们见了彼此的家长，学着融入对方的家庭；我们在一路摸索着成为更成熟的人。

我问过自己，坚持下去的动力是什么？一定是我清清楚楚地记着我们一路走来为对方做的所有改变。他从当初那个木讷的、不屑于讨女生欢心的大男人，变成了现在这个细心体贴的暖男。过去我们吵架后他坚决不主动找我，一定是我先妥协，而现在只要他察觉到我有丝毫不悦，会马上陪我聊天哄我开心。从过去每天只会完成任务一样地给我来个电话，到现在一闲下来就电话微信不断。从过去电话里随便的三言两语，到现在挂了电话还要发微信叮嘱我按时吃饭照顾好身体。

我察觉得到他的每一步改变，所以我也学着妥协，对他更好一点。我曾经满脑子"文艺、自由、漂泊、流浪"，充满幻想，拒绝现实，逐渐也被他拉进了温暖的现实生活里。我学着放下那个自我的、执拗的、冲动的自己，给予他更多的体谅、关心和爱。我曾经对他抱怨说："你看，我这么一大好文艺女青年，被你带得越来越俗了！"其实这应该是一种甜蜜的抱怨，我知道，只有当一个男人给了你足够多的温暖与爱的时候，才能让你那颗浪漫至上的心，敢于去接受世俗生活的考验。让你明白，原来柴米油盐酱醋茶，车子房子票子这些你曾经不屑一顾的俗物，也能变成你完整生活里重要的一部分，有个人与你共同面对俗气生活里的纷纷扰扰，你终于不再惧怕。

我也曾有过好多迟疑，也曾缺乏安全感和信心，可后来太多的小事一一给我信心。当我情绪低落的时候，无论他在处理什么事，他都会暂时放一边，给我打电话陪我聊天逗我开心；当他独自一人开了十多个小时的车带我回珠海，我坐在副驾驶昏昏欲睡，他一边强忍着疲惫开车，一边还不忘时不时问我："小宝，你累不累？""小宝，你该喝水了。""小宝，你调整一下座位，躺着舒服些。"当他握着我爸爸的手说要好好照顾我的时候，当他叮嘱我奶奶要好好照顾身体的时候，所有这些时候，所有这些小事，终于让我放下心来安心与他继续往前走。

我们之间还约定：发再大火不许说分手！他今年过年时还说："小屁孩，新的一年你要答应哥哥，无论如何都不要跟哥哥生气，有事就说出来！"

这世上，根本就没有打造好的完美恋人，只有在相互扶持的过程中，逐渐成为更好的人。

情人节那天我们一起去看周星驰的电影《美人鱼》，电影开始前，工作人员非常应时应景地在大荧幕上放出了以红玫瑰为背景的"情人节快乐"字样，我当时感叹："这画面多俗啊！"后来看完电影也跟他念叨说："这电影讲的就是一个猜得到开头更猜得到结局的俗气爱情童话嘛！可我还是爱看！"

爱情本身就是俗的嘛，可我们都爱啊！

我知道，接下来，我们还有更多的问题需要解决，也在试图通过努力，争取到一座城市。我曾经一直以为爱情要足够疯狂又悲情才够深够刻骨铭心，可现在我确定，爱情就是以幸福为目的。异地恋并不是需要你伤感地听着《漂洋过海来看你》潸然泪下，逃避现实徒伤悲，而是需要你们在期待中相见，在甜蜜中相处，在幸福中坚持。

你说，异地恋，会好吗？我们继续往前走，为异地恋写个幸福的注解。如果，你与你的恋人之间已经相处得舒服、踏实、安心，那就不要再想着："也许，我还能碰上更好的！"生活哪来那么多也许和假如呢？请确信：当下的陪伴者，就是最好的，路遥远，一起走。

你说，幸福有迹可循吗？

人不幸福的根源是什么？这是我常常问自己的问题，在我纠结、迷茫、痛苦、嫉妒、焦躁的时候，在负面情绪紧紧包围我的时候，我都会问自己：为什么不幸福？根源在哪里？

后来我总结出，不幸福的根源在于：不满足。

人生在世，烦恼真多。烦自己学习成绩不够好，烦自己工作不够光鲜，烦自己挣得不够多，烦自己不够漂亮不够帅，烦自己碌碌无为，烦自己比不上别人，烦自己为什么不是天生的富贵命……你看，所有的烦恼不都因为"不够"两个字吗？那到底，怎样的程度才算"够"呢？没有一个人可以给出特定的标准答案。欲望无止境，永远都不会够。

这样想来，所谓够与不够，不过是每个人自己心里的标准罢了。如果你不满足，那么终其一生都是个"不够"的状态。

不过，我倒认识一个什么都觉得"足够"的人。她叫：猫姐。

猫姐是个走到哪里都自带笑声的人，尤其与熟悉的人在一起，三句话不到就会有一阵"哈哈哈……"听她的声音就知道她一定是个乐观开朗，甚至有些"疯癫"的人。朋友们都喜欢她的性格，好打交道又好玩，只要有她在，笑话一定很多，她有与生俱来的搞笑才能。她是我见过的，少有的活得特别"舒服"的女孩。

其实，年轻女孩里，漂亮的很多，时尚的很多，优秀的很多，上进的很多……可是真正活得"舒服"的并不多。她身上的这种"舒服"，是由内而外散发的一种状态。猫姐有一张圆圆脸，白白嫩嫩，带一点婴儿肥，非常可爱，她属于那种不胖不瘦，但看起来肉肉的女生。她很少嚷嚷着减肥，反倒是对吃永远有无穷的乐趣，看她吃饭都很享受，因为任何食物都能被她吃得很香，吃相永远是享受的、美滋滋的。她平时从来不穿高跟鞋，穿衣打扮永远以"舒适"为第一标准。她心态好，天天乐呵呵的，很少在一件事里纠结来纠结去。她做事有自己的一套准则，分内的事认认真真专注完成，完成之后就痛痛快快愉悦身心放松自己。周围环境里那些杂七杂八鸡毛蒜皮的小事和八卦她从来不关注也不操心。她平时超级低调，鲜少在社交软件里晒自拍晒旅行晒幸福……但她是朋友们公认的：幸福指数超高的人。

猫姐口才好，声音很好听，嗓音清澈明亮辨识度高，很适合当电台DJ，而且她自己也很喜欢电台DJ的工作。打从上大学起，她就积极活跃于学校广播台，她对音乐有自己独到的见解，领悟力强，脑子转得快，节目做得很棒，偶尔还去当地市里的电台当嘉宾主持。大四那年她找到了一份电台主持人的工作，独自在那座城市把小日子过得风生水起，一个人撑起了几档节目。她满足于这份工作，也满足于当下的生活。工作三个月，她顺利转正，顺理成章地落实了工作，就等着回学校领到毕业证再回单位签约。可是真正毕业时，她却放弃了这份工作，朋友们都为她的决定感到诧异又不解，还外加遗憾。她给出的解释挺轻松："我爸妈不放心我一个人在外地工作，我听爸妈的话，要回家。"

后来，我试图跟她更认真地讨论这个话题。她终于不再嘻嘻哈哈，而是一本正经对我说："人呢，就是会面临很多选择。我要是更注重事业呢，肯定就留在那里继续工作啊，因为当电台DJ是我最喜欢的事；我要是更注重家庭呢，当然就得回去，我爸妈希望我回去，我觉得跟家人在一起很重要。而且我要跟我男朋友在一起，我毕业了，必须要结束异地恋。我男朋友跟我一个地方的人，他也放弃他那边的工作，我们一起回去。"她把一切考虑得清楚明白，知道什么对自己最重要就选择什么，她不贪心。

就这样，猫姐收起了她的"电台梦"，回到了她的家乡小县城，顺应父母的意思，她开始考当地的选调生和公务员。再后来，她开始了她"村干部"生涯。偶尔看到她在朋友圈里发出一些状态和照片，照片里有乡间风景、田间小路，通常会配以她幽默的文字，印象比较深的一句是："骑着我的小毛驴（小电动车）穿梭在乡间小道里，乐此不疲。"或者发出她给村干部做解说的照片，配以"一技之长，不负众望。又一次解说圆满结束，真心觉得自己浑身充斥着黑心导游气"这样的自黑文字。无论走到哪里，干什么工作，做什么事，她好像总能从中找出乐趣。

见过一部分人，在城市里长过一些见识，再回到自己的家乡小城里工作的时候，总会有很多的不满和抱怨。不满身边人见识浅薄，不满工作内容枯燥无聊，不满自己的职位不起眼，总觉得委屈了自己。一边不满还不忘一边抱怨："都是我爸妈要我回来，回来就是这个鬼样子，简直是屈才嘛！想当年，我也是……"

长期的不满和抱怨，一定会磨掉一个人可爱的那一面。

而猫姐，她自动过滤掉那些负面情绪。她在那个小小工作岗位上摸爬滚打，适应环境、适应工作，坚持她"知足、乐观"的生活态度，将"有趣"坚持到底。

　　她每一次发出来的照片，毫无任何"美图、美颜、PS"痕迹，无论拍的是人还是景，都真实得不像话。她拍自己做的菜，每过一段时间，就有新花样。她发出自己肉肉脸的照片，还不忘自嘲加调侃。她发出和男友之间的有趣对话，男友严肃木讷，她古灵精怪。她沉浸在这些生活的新鲜事和趣事里，哪怕它们那么小。我常常会看着她的照片和文字发笑，也在心情不好的时候给她发过微信："猫姐，你怎么能那么幸福？简直让人羡慕嫉妒恨！"她回："我只是知足啦！"

　　是啊，只是知足。

　　我见过她吃到一碗好吃的凉面都能兴奋得手舞足蹈的样子；

　　我见过她把自己的糗事当笑话讲给朋友听，自己还笑得前仰后合的样子；

　　我见过女汉子的她在两杯酒下肚后跟男友通电话，娇滴滴一脸甜蜜撒娇的样子；

　　我见过她专注做事，一本正经决不怠慢的样子……

　　所以我知道，这样的姑娘一定会幸福。有这样一种女孩，她聪明伶俐，却又简单善良；她少有野心，却又认真专注；她洞察一切，却又大智若愚。她能把什么都看得清楚明白，然后不纠结不怨恨，继续去过自己的日子。她明明有能力有本事去追求别人眼中更风光的东西，她却依旧能安安心心地守护自己此刻的小风景。

　　她与她的男友，经历过异地恋，依然坚定这份感情。终于双双回到家乡，找到安稳工作，一切发展得顺利。现在的他们，已经有了属于两个人共同的温暖小家，开始过属于他们的寻常幸福小日子。

　　就在我写这篇文章之前，收到她的微信："熙，我要结婚啦。要跟你分享一下，我电子请柬还没选好，到时候发给你，要收藏一份！"

我语无伦次地发去几句祝福，兴奋又激动……然后她还不忘问我："熙，你到底怎么瘦的？快告诉我！倒计时一个月，我今天开始减肥啦！"我看着这些话忍不住笑出声，从来不减肥的她为了婚礼也要为难自己一次了。不过，我已经想象出了她减肥未果，然后又拿起手边的美食，无比享受地吃起来的样子。这画面生动又有趣，就跟她的生活一样。

人啊，终究是不能太贪心了。世事哪来完美，人生怎样才算"足够"呢？没有人知道。能把握住自己那一点点的小确幸就实属幸运了。

你说，幸福有迹可循吗？我还是相信有的。就像猫姐，她活得舒服，活得松弛，她删繁就简，知足常乐。

幸好，他不曾来过你的青春

前段时间看到一个朋友发了朋友圈，是写给自己丈夫的一句话：有一种人，他们会在往后的岁月中给你更长久的幸福，虽然他不曾来过你的青春，给你的却是满满的未来。

为这句话动容。

一个跟我同龄的好朋友今年七月结婚了。我没想到我们高中的姐妹圈儿里，她是第一个出嫁的。

我常常想起我们高中时的场景，每到下课时我们两个人就腻在一起聊天。我们之间的话题最多的就是感情，聊喜欢的男生。我们有些像，都是别人眼中早熟的女孩，心思细腻、敏感、感情丰富。我们都爱看老师眼中的"杂书"，都爱写字，都有好多好多的感情要抒发。我们那时喜欢安妮宝贝的文字，把安妮宝贝书里的句子抄在本子里；我们都爱写日记，彼此交换着看。不一样的是，她学习成绩比我好。我们谈论自己喜欢的男孩，盼望高中时光快点过，我们向往自由，期待高考后的解放，期待把自己不得不遮掩的感情延续到大学时光……那时的心很小，我们把充盈的感情小心翼翼揣在心里，一丁点儿风吹草动都会惊慌不已。我知道她是感情热烈的女孩，带有某种孤傲的偏执。

我始终记得她那些疏离、冷静、带一点点颓败的色彩,却又辞藻华丽的文字,有一种曼妙、一气呵成的美。至少在当时的年纪,很少有人能够写出她那样的字句。我甚至觉得她的文字里已经有了安妮宝贝的风格。我一遍一遍毫不厌倦地读。

我到现在都清楚地记得,那时我们都喜欢安妮书里的一句话:少年往事,爱恨纠缠,唯有彼此平淡相处的人,才能长久。

也不知道当时怎么就那么喜欢这句话,而好多话的真正含义我们需要日后漫长的时光和经历来懂得。

我们去了不同的城市上大学,我们都倔强地遵循一个初衷:走得远一点,至少要出湖南省。很简单的想法,我们都做到了,好像离家远一点,就更自由一些。我们都是那么害怕束缚的人。大学那几年我们通过QQ空间关注彼此的动态,看对方发表的日志。我还是那么喜欢她的文字,每一篇我都会看,发现她的文字里多了些平静与温暖。

我们认定彼此是同类,我们一度接受"文艺"这样的标签,我们都喜欢一个词:不羁。我们觉得只有像三毛、张爱玲、安妮宝贝这样有才情有个性又勇敢的女子才配得上"不羁"这个词。我们当然想要成为这样的女子。

我们更见过彼此在感情里黯然神伤,魂不守舍,孤独等待的样子。

而后来,毕业了,工作了。还算幸运的是我们都找到了适合自己并且喜欢的工作。只是,年少时的很多情怀都渐渐消失了。在别人眼中,我们的工作都是稳定且体面的。我们也默认了这样的新标签"体面"。

很多人说:"女孩子毕业后找一份稳定的工作,二十几岁找一个有车有房工作稳定收入不错的老公结婚生子,就算圆满。"

毕业一年后,她订婚了。订婚那天,她给我发微信:"我今天差点感动得哭出来,突然觉得好不容易,想对我未婚夫说这么多年你都去哪儿了，怎么这么晚才出现在我的生命里！"

看到她的这条微信，我确信她很幸福。

其实，多想对她说：幸好，他这么晚才出现，他遇到的是已经经历过一些感情后懂事的你，你们才能顺利地走到订婚这一步。

去年她带着她的未婚夫来我工作的城市跟我见面。那是个成熟、幽默、睿智的男人，值得托付。聊天的时候会宠溺地逗她笑，也能容忍她偶尔耍小性子。这个男人，跟她曾经深深迷恋过的那些少年，截然不同。

我记得她对我说过："我以前从未想过我以后的老公，会是这种类型的男人。可遇见他以后，突然就很确定，真的就想跟他结婚好好生活。"

今年七月，她的未婚夫正式成为她的丈夫，他们结婚了。

现在我们俩偶尔聊起以前喜欢过的人，忍不住感叹：他们好幼稚啊！明明就是没长大的小男孩嘛！当时的自己好幼稚啊哈哈哈！

其实，准确地说：当时的我们都是没长大的小孩。只有在长大后回过头来看看那时的人，才会发现从幼稚到成熟、从任性到懂事、从善变到安心，都是个过程，也需要时间。

年少时发生的大多是无疾而终的感情，当时的年纪让你没有意识去思考所谓的物质条件、般配指数、彼此三观是否一致等一系列的问题；当时的你也还没来得及学会为人处世、相处之道、沟通忍耐这些生活恋爱必备法门；当时的你不知情商为何物，不懂责任、承担，不明白可靠的爱情需要走过漫漫长路，经历时间与现实的考验。

但正因为一次次的无疾而终，才有了你后来的修成正果。你曾以为那过去了的感情是你的此生挚爱，它曾耗尽你的热情、真诚和真心，你毫无保留地为此痛快爱恨难过伤心。它占据在你最美好的青春年月里，让你想起来的时候心头一颤。可你该感谢那已经逝去的年月和离开的人，让你在经年累月的切身体会中有了质的蜕变。

成年后的我们才发现，我们都印证了曾经最喜欢的那句安妮宝贝书里的话：少年往事，爱恨纠缠，唯有彼此平淡相处的人，才能长久。

希望所有的爱恨纠缠都能埋藏在漫长的时光里，在你的心里开出平和淡雅的花，让你在日后拥有成熟却真挚的爱，抵过漫长岁月平淡流年。

就像那位朋友写的："有一种人，他们会在往后的岁月中给你更长久的幸福，虽然他不曾来过你的青春，给你的却是满满的未来。"

谢谢那个未曾参与过你的青春，却给了你满满未来的人。遇见一个人，时间太重要，出现得太早，容易错过。幸好他不曾来过你的青春，没有撞上那个还没学会如何去体谅包容又懵懂任性的你。

感情丰富的人啊，总是全心投入每一场遇见，每一次相逢。喜悦与难过相伴，希望与失望相伴，喜忧参半的日子里，我们情愿接受所有。

宁愿一试再试，也不要关掉心门。

最好的时光

一

四年前,从身边一些人的口中听闻他们的爱情。她是北方姑娘,他是南方男孩,她大四,他大三。她准备考研,想考去南方。她备考那一年,他每天早中晚都去图书馆给她占座,从不缺席,她每天每个时间段复习结束,他都会准时去接她吃饭。走在校园里,常常会碰到他们,并肩而行,我那时羡慕这样的爱情。实在的陪伴,体贴的照顾,身边的帮助,看得见的未来。

三年前,她毕业,准备充分,信心满满,却没考上南方城市那所大学的研究生,但是她留在了那座城市。她努力找工作,艰辛地一步步在那里落脚,因为那座城市,是他的家乡。听说,他们依然在一起,见了家长,似乎依旧有着看得见的未来。不过,他还在校园里,晚她一年毕业。我依旧觉得他们浪漫,为了一份爱情,去爱的人的城市,换作是我,也会义无反顾吧。

两年前,男生毕业。毕业前的饭局,他告诉我,他们分手了。原因不具体,好像又太多,说不出个所以然。轻描淡写,简单总结,说多少都觉得不太恰当。

我当时不明白,为什么男生曾经有耐心为她每天准时准点占座,照顾她、陪伴她走过那么长的日子,却没耐心坚持他们的爱情。为什么女生充满魄力,有勇气义无反顾去那座陌生的城市打拼,为的就是他们的未来,而今却没了勇气继续在一起。多的是我不明白的事。

去年,男生跟我再聊起她,很平静,说:"她好像恋爱了。"

今年,女生兴奋地跟我说她要结婚了,邀请我去主持她的婚礼。我终于见到了她的丈夫,成熟、阳光、耐心,对她满是疼爱。四年前,觉得她是强势的女孩,现在却觉得她温润平静。丈夫陪着她忙前忙后准备一切,关怀备至、细心周到,对她的朋友也如此。他们先在美丽浪漫的塞班岛举行了婚礼仪式,因为她的丈夫信仰基督教,所以婚礼地点特意选在塞班岛的一座教堂。丈夫花尽心思给了她一个梦中的婚礼,而她真心实意尊重丈夫的信仰。然后回国,在她的家乡办婚礼答谢宴。那天,她的家人、从小到大的玩伴、大学里帮真挚的好友都坐在台下,看着她溢满幸福的笑脸,见证她这份来之不易的幸福。

她结婚了,新郎不是曾经的他,幸福却丝毫不减分。她说她很早以前就期待在婚礼上放《卡农》,那天,伴着卡农的曲子开场,过去的时光打上句点飘向很远,所谓遗憾、所谓怨恨、所谓爱恨纠缠、所谓不甘,都在那样轻轻柔柔的乐曲声中一并消散。只剩下当下身边人踏实的陪伴,亲友真挚的祝福和她由衷的感谢。

不是所有的故事都要有个完美的注解,也许这一次遗憾的结束是为了下一次温暖的开始。

二

他抽着烟,我们有一搭没一搭地聊天,无论聊到哪儿,话题总会绕回"他失恋了"。

他说："我从没这么难过,以前分手我第二天就好了。这次我就是难受,我们是隔得太远了,可我也想跟她在一起啊,我想她过来,或者我去那边找工作。但是她对我不满意,说我脾气大,说我不好。不好我可以改啊。"

他说："分手后,我这么难受,她怎么就可以那么开心,今天去滑雪明天去喝茶,她就跟没事儿人一样。"

他说："我就是觉得哪怕我们再吵再闹,毕竟我们是大学里谈的,毕竟是最纯最真的感情,可能以后都遇不到了,再也没有这么单纯的感情了。我就是不舍得把她交给别人!"

我不知该如何安慰,只能说："我一年前跟你现在一样,我一天翻八百遍他的微信朋友圈和微博,他发句心情我要研究无数遍,揣摩是不是跟我有关。可事实上跟我半毛钱关系都没有,写的东西、发的照片都是关于别的姑娘。"

我们都有过深深的执念,总想着,哪怕分手了,哪怕你不跟我好了,能偶尔想想我也好啊,时常有点念想,也让我有所安慰啊。

可是时间一过,新人替旧人,才发现,曾经那些自以为是不愿舍弃的念想原来没那么重要。当时当下的感觉总被过分放大,可你还是该相信:肯定会过去,所有你以为的过不去,都会过去。

三

她是这两年来我心里又爱又恨的姑娘。她狠,她狂,她傲,她汉子,她强大,可她又柔情百转,时而感性,时而温柔。她喝酒比男人快,三口一瓶二锅头不眨眼,轻易放倒一票汉子,再面不改色心不跳地把他们一一送回去。我欣赏她的强大，喜欢她的处变不惊，看起来无忧无愁，不紧不慢，不惧不怕。

我们不常交流，一交流必定不说人话，越扯越宽，从鸡毛蒜皮的小事扯到爱情和人生理想的关系，扯到男人和女人的差异。

一年前，我们都有一种遇人不淑、有爱没地儿安放的感觉。那时我们在微信里立誓："等恋爱了，要狠狠地甜蜜，要炫幸福，一点不能收敛，要痛痛快快的。截图为证。"

半年前，我迷茫不安，她对我说："你的爱热烈直接，这让你现在有了一种放肆过后的倦怠感。不像我，我常常觉得自己会独自一人孤独很久。"印象中她一直清醒冷静，善分析、懂克制、会迂回。

昨天，得知她恋爱了。

今天，她对我说："我喜欢我男朋友，就像喜欢自己一样自然。走在路上就蹭他臂弯里，他开车的时候就偷看他，有时保护心很强，一定要把他搂在怀里，或者紧紧握着他的手。恋爱的时候，我要是他的缪斯，他的苍老师，他郁结时的姐姐。如果可以一直走下去，我要关心他的事业，照顾他的一蔬一饭，生一个漂亮的女儿，女儿不要像我这么强势。"

我爱她说的这一连串的句子，浓烈热烈炽热，痛痛快快，爱得饱满尽兴满足。不知有多少人对我说别再疯狂执着理想化，要有所保留有所计划。我却偏爱她对我说的："不死心塌地，不陷得深，那你还谈什么恋爱。"

终于我们都恋爱了，我们有了同感，尽管一年前立誓要炫甜蜜晒幸福，可现在只敢静悄悄的，珍视来之不易的幸福，害怕有所变数。原来，我们都会一边尽兴一边窃喜又一边小心翼翼。

想对她说，亲爱的姑娘，我还是如此热烈地崇拜你。我知道的，你是他的缪斯，是他的苍老师，你看似强大的外表下有一颗柔情百转的心，而你的他分分秒秒都感受得到，如果你们可以一直走下去，生的女儿也要像你一样活色生香，有味有趣。

后记

吃饭的时候我们面对面坐着，我会突然停下来看着他发呆。他会说："你看着我干吗？"我回答："因为这里没有别人。"他说："因为你的眼里只有我。"我知道那一刻我的眼睛总瞪得很大。

他开车的时候我会时不时地转向左边看他，他说："又看我干吗？"我会回答小时候就很爱说的一句话："你不看我怎么知道我在看你。"他一定会左手握方向盘，右手过来捏我的脸，这是他的习惯动作。我知道这个时候我会不自觉地低下头，不知道脸红了没有。

我曾经觉得怦然心动很重要。现在却觉得不用太多的心动，因为此刻的踏实满足就已足够。我曾以为过去了的和尚未到来的才是好时光，失去的和期盼中的才更显珍贵，现在却深知此时此刻就值得珍惜。

谁都会在失恋的时候骂该死的爱情千百遍，谁都会有绝望痛苦的时候，好像是掉进了山谷里，谁叫你都没用。难得的是，你能在掉下去吓得大哭大闹的瞬间听到山谷里的回声，不相信自己会死，而是有惊无险地腾云驾雾飞得更高。谁都无法救你，唯有自救。谁都教不了你如何去爱，却可以摸爬滚打自学成才。某天当你突然开始由心地笑，吵吵闹闹却也笃定，关心他的一蔬一饭，念着彼此的身体健康，依赖却又坚定保护，才发现自己还可以遍体鳞伤后又满血复活，灵魂丰满地站在眼前人的面前。还等什么，握紧他的手，当下，不就是最好的时光吗？

纯粹的人,值得欣赏并羡慕

一直以来,我最喜欢也最欣赏、最羡慕也最敬佩的,就是那些纯粹的人。

生而为人,实属不易。

我不知道有多少人会在忙碌生活的间隙里突然问自己一句:"你快乐吗?"

就如同许久未见的人突然遇上了总要问一句:"你好吗?"

如果要诚实地回答这样的问题,真的很难。

也许,很多时候,根本都不知道自己过得好不好。

喜忧参半的日子,你打多少分?

不知道自己做了些什么,却忙得没时间休息。

不喜欢眼下在做的事,但也不愿意做丝毫改变。

没什么不开心的事,却也开心不起来。

时常念叨"累,压力大,心情不好",究其原因,却连自己都不知道。

这,是多少人日常的真实状态?

问过自己太多次"你快乐吗""你为什么不快乐"这样的问题之后，也体会过数不清次数的无病呻吟之后，我终于把这种"间歇性负能量"归结为：年轻人，你想要的太多了。

今早读了一篇公众号的文章，看到这段话，不能再同意更多：

"我的关于职业生涯选择的理论跟老师的感情理论有相似之处——关于工作，如果我只能给你一条诚实的建议，那么就是，梦想、钱和时间，你最好只选择一样，然后把那样追求到极致。选了梦想的人们不管过得多苦，都可以说一句老子在追求自己的梦想，选了钱的人偶尔靠看工资单聊以慰藉，选了时间的人等于选择了生活，上班时间还能再学一门外语。如果可以回到十年前，我一定只要一样东西，至少晚上辗转反侧的时候不会觉得自己一无所有，至少能有一样东西。"

——选自公众号"重要意见"，作者：赵总裁

无论是在感情里，还是在工作中，我们能不能问问自己：如果只能要一样，你要什么？

在一段长久的感情关系里，你是要爱？钱？忠诚？激情？或是其他？

在你从事的工作中，你是执着于梦想？还是看重收入？或是在意可支配的时间？

这样的选择，很难。

可更难的是，无法选择。

命运并不会因为你选择了梦想就让你轻易实现梦想，也不会因为你爱钱就让你赚很多钱。

难上加难且非常残酷的是，哪一样都想要，却哪一样都没得到。

你以为可满腔热血实现理想，坚持情怀，顺带把钱也赚了，可实际情况是理想依然很远，一不小心又为五斗米折了腰。于是，每天被动地做着逃不掉也躲不过的事，羡慕着一拨人安稳可靠的铁饭碗，再向往着另一拨人看似逍遥自在的浪迹天涯，寻思着：我怎么什么也够不着，什么好事也不沾边呢？

这时，再问问自己吧，你到底要什么？

所以，我一直以来最喜欢也最欣赏、最羡慕也最敬佩的，就是那些纯粹的人。

第一次发现这种"纯粹的人"是在高二那年。

当时我很迷茫，学也学不专心，玩也玩不尽兴，有时候特别羡慕那些心无旁骛的乖乖学生，同时也羡慕那些什么也不管只痛快玩乐的孩子。我知道自己无法专心，也做不到尽兴，更多的是陷入深深的纠结、自责与矛盾中。班里有个漂亮女同学对我说了一句话："你要是觉得你最近持续地很烦很烦，这是你的低谷，说明只要你再耐心等等，运势就会往上走，就会好起来。至少会比现在好。"

十几岁的年纪能说出这样的话，在我看来是哲学家。说这话的女同学是个怎样的人呢？首先，她漂亮，是每一天都把自己收拾得很精致的那种漂亮。她从来都不掩饰把自己当个小公主这样的心思。她只穿白色系和粉色系的衣服，也只用"公主风"的物品，她对一切华贵、精致的东西心生向往，她渴望未来拥有一所大房子，将房子装修得像一个小城堡，要用质地最好的家居，要让自己活成现实生活中的公主。她与大多数人是保持距离的，很多人说她骄傲，但按她自己的话来说："这里的一切是不属于我的，我要去更好的地方。"

确实，她后来凭着自身努力成功转学，去了一所更好的高中，那所学校以极严的校风、极高的升学率出名。她曾跟我提及她坚决不会浪费时间在没有意义的人与事里,她讨厌普通,不喜庸俗,所以她努力念书,甚至不惜一切代价转入一所24小时全封闭式强化管理的学校,就是为了让自己能有足够高的分数够得着最好的大学以及出类拔萃的人,能够身处更优秀的环境。她说,对于十几岁的学生来说,只有这样,才能掌握命运的主动权,离她心里那个雍容华贵的小世界更近一点。

已经很多年没有再见到那位女同学,但每一次当我困惑的时候,都会想起她那张坚毅的脸,尤其是她谈及向往的生活时,眼睛里发出的光芒。

纯粹的人,明白自己心里的重中之重,哪怕一路的干预千奇百怪,影响的因素千丝万缕,依然能不为所动。

认识一位房产销售,一年三百六十五天除了过年那七天,他天天都在找客户、陪客户,就一件事:卖房子。什么在别人看来厚脸皮的事他都做过,什么尴尬为难的话他都说过,别人都说他把"不要脸"发挥到了极致,他依然坚持着不厌其烦的态度。他说:"反正我就是爱钱,就要赚钱,多卖一套房子多赚一点钱,赚到钱我就开心,别的重要吗?"

认识一个工作能力很强的女孩,放弃了很好的晋升机会,辞掉工作回到老家一切重新开始。我为她放弃大好前途感到遗憾,她却幸福地说:"终于可以天天吃爸妈做的饭,天天见到朝思暮想的男友啦,好幸福!"这时才明白,她要的无非是家人的陪伴、爱情的稳定。父母在身边,男友在眼前,已经是她最为珍惜的幸福,至于其他,是否失去或得到,她不想去纠结。

还有一个性格内向的男孩,坚持当独行侠,如果不是工作需要,他在公司里不会与任何人过多接触。有人说他清高,有人背后议论他性格古怪，还有人传他有不可告人的秘密。我曾经问他，难道不觉得自己这样很不合群吗？没觉得朋友太少很孤独吗？公司里的人每天都见面，别人那么议论你就不难受吗？他倒是想得开，特别豁达地说："既然不善交际，干吗还要勉强自己呢？我避开了那些不必要的社交，自己也自在，还多出来了好多属于自己的时间，我独自吃饭看电影，看书逛公园，觉得轻松极了。也许别人觉得我没朋友很孤独，但我自己心里享受独处的时光啊。"他真是应了那句："安静的人体会到的美好，热闹的人不会知道。"

工作中嗜钱如命的人，不去抱怨辛苦，也不计较面子，这并不丢人，至少，他不用让心里承受那么多不必要的纠结负累。

放弃更好的发展机会辞职回家的人，不去思考遗憾与否，这也没什么不对，至少，至亲的关怀、爱人的相拥能让她幸福满怀。

性格内向远离人群的男孩，不去理会外界的眼光，人脉的流失，这也没什么不好，至少，大把的独处时光让他舒适又自在。

纯粹的人，更容易满足。

不过，生活中的你我他，更多时候，却杂念缠心，无奈自扰。

很久以前就有人说感情、婚姻大多是爱情与面包不可兼得。有些人选择了爱情，后来抱怨着"贫贱夫妻百事哀"；有些人选择了面包，后来感叹长久缺爱味同嚼蜡。

可是更糟糕，也更普遍的情况是：说爱谈不上，论钱也不足。

于是很多人问别人也问自己：图什么？究竟图什么？

前段时间我在节目里发起了一个互动话题的讨论：如果，你的另一半只能有一个优点，你希望是什么？

有人说：有钱。

其他人反驳：万一他有钱对你不好怎么办？

有人说：彼此相爱。

其他人反驳：万一他爱你但是穷得叮当响怎么办？

有人说：聪明。

其他人反驳：万一他不善良怎么办？

……

于是我们终止了这个讨论，若真要深究，无论选择哪一样，都会冒出相应的问题。确实，这些人人都担心的"万一"就真实发生于生活之中。

"万一"再多，你依然得过。

曾经微博里有一句话：这世上从来没有一种工作钱多、事少、离家近。

若真有，也不一定被你碰上。

事事称心的好命人，还真不多。

多的是：一心为爱痴狂的人，依然会羡慕别人阔绰的生活，日后在不满、抱怨、争吵中把爱也弄丢了，却忘了自己一开始，只是要爱。

满心理想抱负的人，抵不住现实压力现状残酷，在挣扎、痛苦、自怜中把初心也放弃了，却忘了自己曾经说过的：没钱我也要坚持。

如果还能选择，如果可以选择，真的，选一样吧。选你认为最重要的那样。

等到日后午夜梦回的时候，还能告诉自己：至少，我还有"这一样"。

各得其所，或各安天涯

一

闺密Y小姐是个很萌很可爱的姑娘，平时喜欢时尚又俏皮的装束，哪怕毕业后入职场已经三年了，生活里的她依然给人一种"长不大"的感觉。她娇小可人的身材，"林志玲式"的娃娃音，总让人觉得她是涉世未深的大学生，她娇滴滴的声线和语气让人一听就一阵发麻。以前我们时常打趣道："以后要是谁娶了你，得把你当女儿疼。"也许真是应了那句话"会哭的孩子有奶喝，会撒娇的女人都好命"。Y小姐运气一直都不错，找工作时遇贵人，入职后依然有贵人一路相助，她拥有一份体面又收入颇丰的工作，公司里有什么好事她都有份，升职加薪更是顺理成章的事。身边的朋友羡慕她，感叹她的幸运；当然也有人嫉妒她，猜测她一定有不可告人的手段和秘密。

她不在乎那些猜测，每天依旧漂漂亮亮去上班，美美地打扮自己，轻轻松松地生活。更让人羡慕的是，工作一年后她就恋爱了，男友大她四岁，年轻帅气，收入颇丰，家庭条件也很不错。她确实就是那种标准的一路都走得很顺畅的女孩，不错的家庭，姣好的容貌，体面的工作,优秀的男友,简单的生活。朋友们都说:"这样发展下去,她更长不大了!"

我一直觉得人生最难得的状态就是:刚刚好。家境小康,家庭和睦,爱情如意,工作顺心,经济独立又富足,一切都不缺,一切也没有满到溢出来。什么都刚刚好,什么都如人意,这种状态太难得了,能有这种状态就是福气。而Y小姐,恰好轻而易举就拥有了"刚刚好"的状态。

不过,随着Y小姐与男友恋爱一年,走到谈婚论嫁这一步,她的"刚刚好"开始被打破。刚刚开始接触彼此的家庭,从小到大都不太懂事的Y小姐显得很不适应。第一次去男友家应该买什么礼物?跟男友的爸爸妈妈在一起应该聊什么?在男友家吃完饭要不要帮着洗碗?这些琐碎的小问题让她焦头烂额。原本都是些不值得一提的小事,但在她这个从未长大的小世界里,却都变成了大事。

再到后来,男友的妈妈对她不够满意,说她不会做家务,花钱大手大脚不节俭,在长辈面前说话没分寸……她性格里的活泼可爱、单纯天真通通被忽略不计,那些缺点短板被无限放大。她无奈又焦急,看得出她每天很疲惫,失去了往日的神采。朋友们安慰她:"挺挺就过去了!慢慢会好的,都是个适应的过程。"她说:"前二十四年的人生,我从未想过某一天我也需要像电视剧里的家庭主妇一样,费尽心机地去融入别人的家庭,去讨好原本跟我非亲非故的人。"

是啊,曾经,她只需在自己那个幸福的世界里简单地做自己就好;而现在,她要在生活里扮演多个角色,她的生命开始跟另一个人息息相关。她的生活里多了一些人,多了一部分内容,再不愿意长大的孩子也该长大了,她会拥有自己的家庭,她需要承担无法逃避的责任。

后来,娇滴滴的Y小姐在百般不适中终于订婚了。再后来,我们聊天的时候,她会满足地说:"我刚给我婆婆挑了一条丝巾,有档次又不贵,不会让她觉得我乱花钱。上周,我婆婆送了我两盒胶原蛋白,她现在挺关心我的。"我知道,她已经度过了那个无所适从的阶段。她的脸上终于看不到焦躁不安的神色,她终于在那些生活的摩擦中练就了一套自己的相处之道。

二

朋友W是个嚣张跋扈的姑娘,总摆出一副"天不怕地不怕"的架势,跟任何人相处都不忘亮出"老娘谁怕谁"的架子。喜欢她的人赞她豪爽、个性、有范儿;看不惯她的人说她嚣张、蛮横、没教养。她的名言是:"一辈子不长,别委屈了自己。"

她从来就不会让自己受委屈或者吃亏。买东西要买最称心如意的,哪怕价格并不美丽;外出吃饭点得又贵又多,哪怕胃口很小的她吃任何东西都会剩一大半;谈恋爱要找帅的,哪怕对方性格不太好……对于她每一次的选择,她都有自己的一套解释:"人活着不容易,一定要尽可能给自己最好的,别怕花钱,不能将就!至于找男朋友嘛,肯定要帅啊,赏心悦目嘛!性格不好不是什么大问题,反正我自己性格也不好啊!谁敢欺负我!"

说得好像挺有道理!朋友们默默鼓掌,不得不认同她这一套歪理。谁让人家家境好,有任性的资本。只是谁也没想到,生来任性的W姑娘,也有不再任性的一天。

W姑娘谈过一些没有结果的短暂恋爱,她几乎从不为情所困。她说自己的新鲜感只能维持三个月,三个月过后随便怎么样,好聚好散,她都能接受。直到这一次,她的这段恋爱谈到三个月的时候,不再是分手的结局,而是结婚。嚣张跋扈的W姑娘,被一位比她小两岁的大男孩收了。身边每个人都斩钉截铁地认定W姑娘的那位白马王子就是"大男孩",绝对算不上"男人"。他不够成熟稳重,没有稳定工作,没有可观的收入……有人说得直接:"你这是找了个儿子。"W姑娘不以为然:"你们都太俗!一帮俗人!你们懂什么?钱我自己有,我需要别人养我吗?我跟他在一起有多快乐你们知道吗?他有多阳光、多可爱你们知道吗?人嘛,最重要的是开心。"

风风火火的W姑娘,就这样迅速嫁为人妻。而事情的真相是,W姑娘怀孕了,不得已,他们才决定领证闪婚。没有人看好这段婚姻,W姑娘那么任性、强势,她的"大男孩"丈夫一看就还不懂事,这样的搭配,婚姻能长久吗?

我再一次见到W,是在她领证一年多以后,她已为人母。我们约在一家咖啡厅见面,准备好好叙叙旧。让我诧异的是,她竟然是独自带着孩子出来的。她熟练地哄怀里的孩子睡觉,然后把宝宝放在婴儿车里,看着宝宝入睡了,她才放心地喝起桌上早已凉了的咖啡。我有好多的疑问忍不住问她:"你周末就出来半天,难道你老公不能在家带带孩子吗?或者陪你一起来?你一个人这样带着孩子出来很不方便的。"W无奈地笑笑,然后挺平静地说:"孩子从出生到现在一直是我自己带啊,我也习惯了。我妈身体不好,不想麻烦她。我婆婆爱打麻将,没空帮我忙。至于我老公,他自己玩都玩不过来,就别指望他带孩子了。这会儿,估计跟他那帮狐朋狗友在一起看球赛呢吧!把儿子给他带,我不放心。"

听到这儿,我实在是为W捏把汗,也为她感到气愤。她估计是看出了我的心思,继续说:"我觉得没什么,反正我现在不上班了,家里又请了阿姨做饭,我就只用照顾好我的小宝贝,不累的。"我还是忍不住说出这句话:"可是,你没觉得你老公没有尽到一个丈夫和一个父亲的责任吗?"

W看着婴儿车里熟睡的孩子说:"也许,男人总是成长得慢一点吧!没事,反正我先长大了。"现在的W姑娘,早已不是当年那个嚣张跋扈的她,完全褪掉了曾经那副"老娘谁怕谁"的样子。她有了作为母亲的柔和,作为妻子的宽容,作为女人的善良。她的眼里泛着母爱的光,她的话里藏着隐忍、接受和坦然。

婚后的W姑娘,辞了工作,收起了坏脾气,学会了包容,做到了温和待人。心疼她,也为她感动,甚至怜惜她,为她打抱不平,感叹她明明可以不忍受,明明可以有更好的选择,更为潇洒的路。但是她说,自己爱上的人,自己组建的家庭,自己孕育的孩子,自己选择的生活,无所谓对错,摸黑都要走到头。最重要的是,成为母亲,就已经让她足够温暖知足。

W姑娘这两年已经活生生地改头换面,若要说有什么是她不变的,那一定是她性格里的倔强和坦荡。

三

这几年身边的朋友恋爱、结婚、生娃……匆匆忙忙不停歇。每个人都在自己选择的路上曲曲折折地走着。有人享受恋爱甜蜜不已,有人嫁为人妻喜悦万分,有人迅速当爹当妈忙着育儿晒娃,有人继续单身潇洒自由。我们忙着社会角色、家庭身份的转变,有喜有忧,有甜有苦,有感恩有抱怨,各种滋味尝尽方知生活真滋味。

有时候身边密友会抱怨家庭生活之累,也能看出他们时不时的委屈、心酸与不易。自己也忍不住感叹:"当个大人一点都没意思。"可是，生活还是生活啊，日子还在过着。那天读到作家三毛的一篇文章《这种家庭生活》，我才发现：噢！原来，文艺如三毛也会被家庭琐事、生活纠纷所困扰。三毛的这篇文章一改往日文字的浪漫色彩，她非常写实地表达了自己作为妻子、儿媳，在面对婆婆突然大驾光临时的害怕、措手不及，赤裸裸地记录了自己为了获得婆家人认可所做的一切努力，也最真实地写下了自己的付出、委屈与无奈。

她写了这样的句子："他们决定回去的时候，我突然好似再也做不动了似的要瘫了下来。人的意志真是件奇怪的东西，如果婆婆跟我住一辈子，我大概也是撑得下去的。"那么浪漫的三毛，那么有自我意识的三毛，那么追求自由的三毛，这一刻，也是那么的任劳任怨又无奈接受。当然，她也会疑惑："我自己妈妈在中国的日子跟我现在一样，她做一个四代同堂的主妇，整天满面笑容；为什么我才做了五天，就觉得人生没有意义？"

在五味杂陈的生活里，谁都会疑惑，谁都会怀疑，谁都会委屈、纠结、无奈。不过，大多数人都能在这样的常态里找到一套自己的生存法则，游刃有余，得心应手。不愿长大的Y小姐终于成熟了；任性的W姑娘也性情温和了；浪漫的三毛也终于从这三十天"寻常主妇的家庭生活"中解脱出来，重获自由。我们都在寻找属于自己的那个合适的"位置"，这个位置可能会有所变动，也可能稳定在那儿再也不变，无论如何，你要相信，其实你都会适应它、征服它。

三毛在这篇文章里写道：《圣经》上说，爱是恒久忍耐又有恩慈。这一切都要有爱才有力量去做出来。

当你的选择足以成为力量去支撑你，你一定会披荆斩棘泰然处之。选择爱情的人依旧甜蜜着,选择婚姻的人依然踏实着,选择自由的人依然倔强着……

我们依然在路上,路遥远,无论独行还是同行,都继续走,不回头。游走在世间的你,各得其所,或各安天涯。

城市的建筑物有时充斥饱满的情绪，压得人一阵害怕。

有时静谧到极致，化成无声的回答。

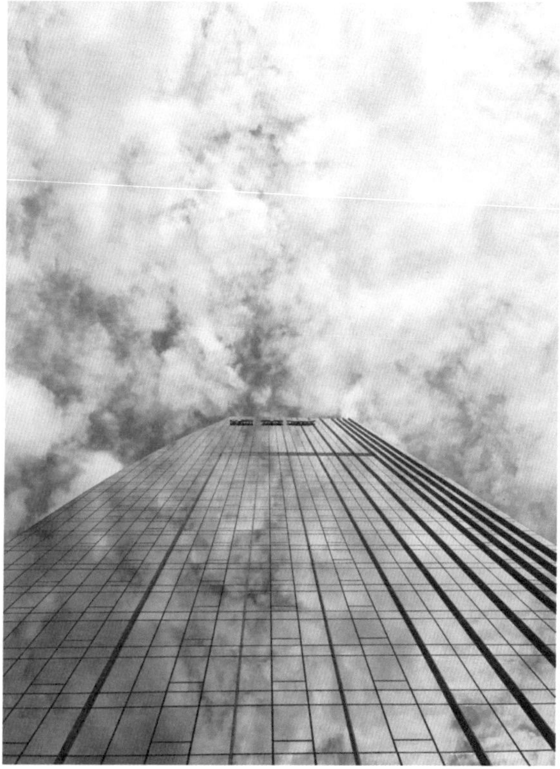

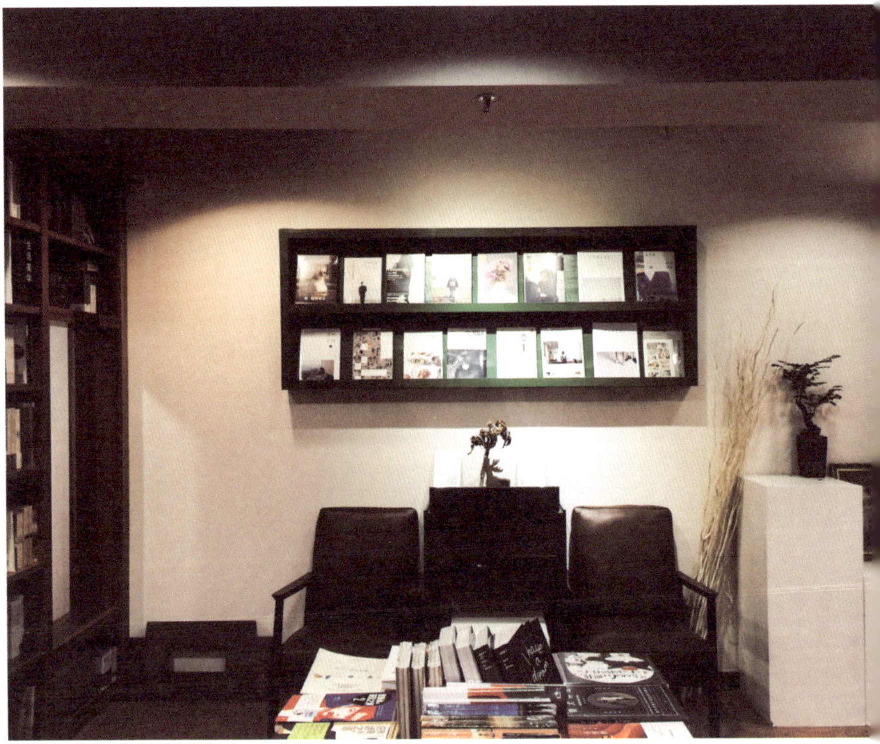

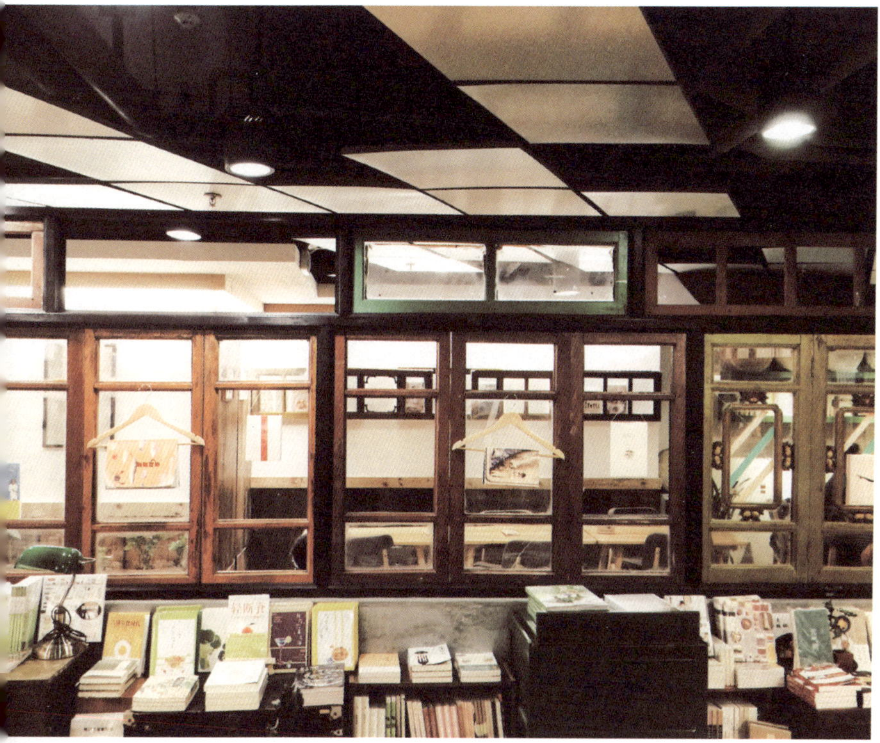

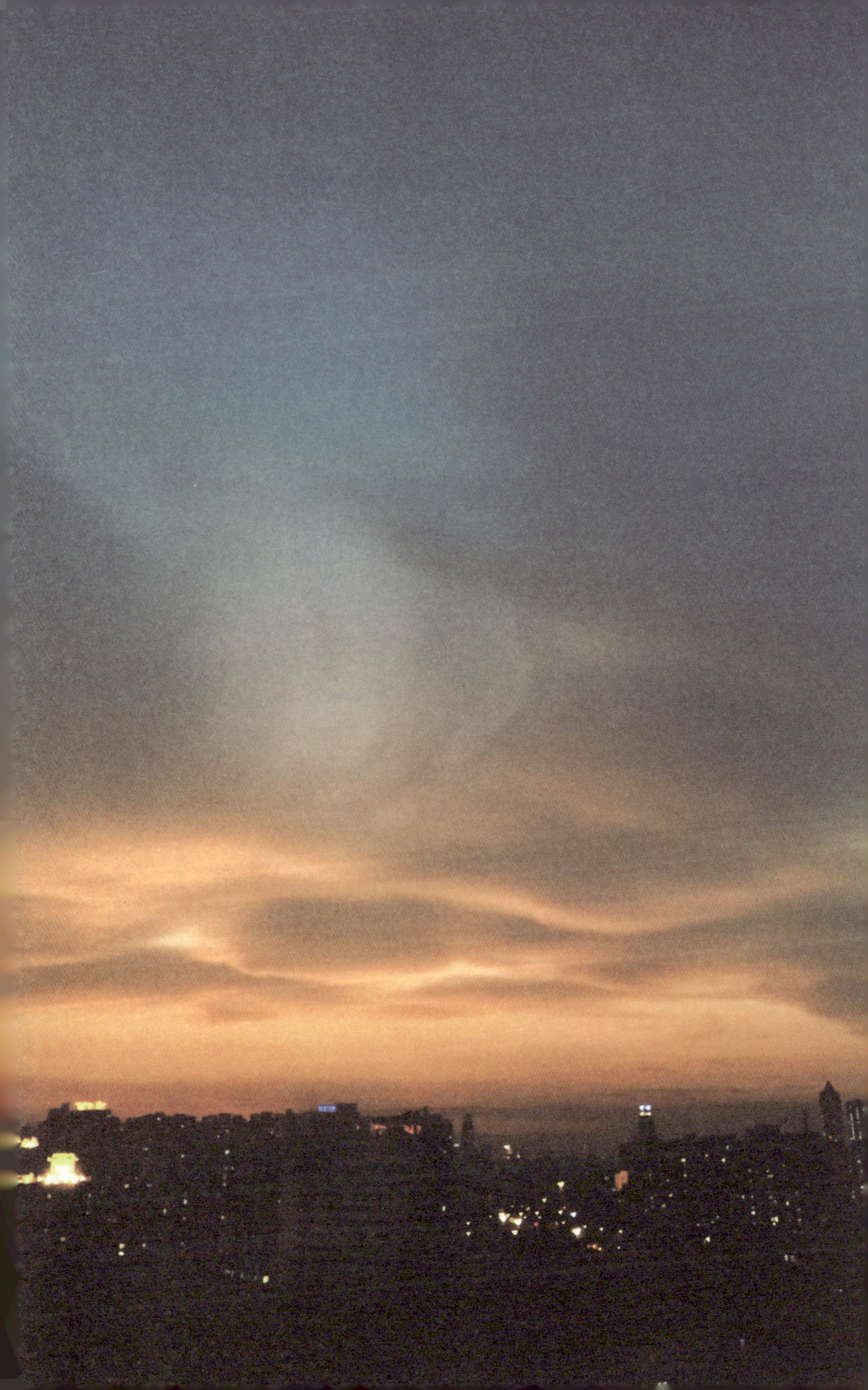

如果想念有声音,如果用力有回响,如果真心被善待,
我想,所有悬而未决的心事都会得到一个答案。

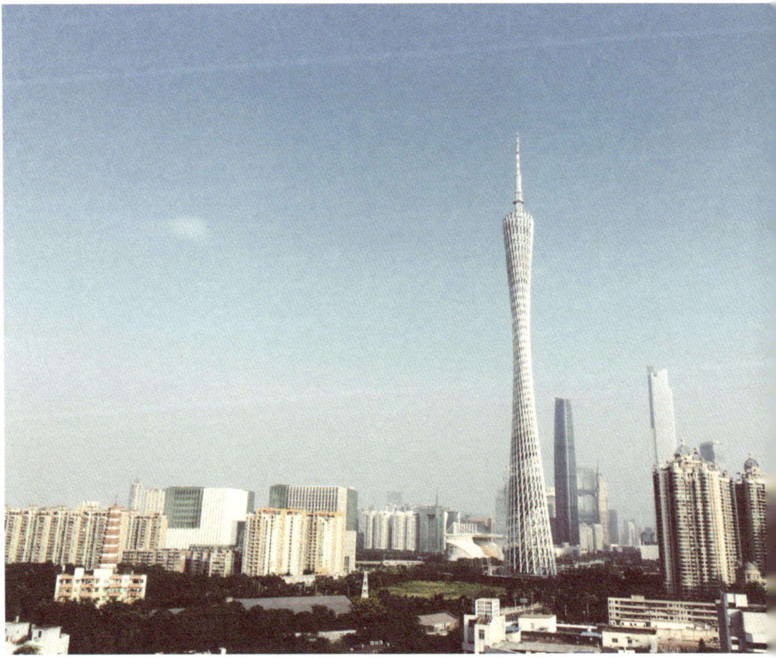

你是否会怀恋那个青青草地、湛蓝天空、白衣飘飘、吉他悠扬、诗人吟唱的年代?

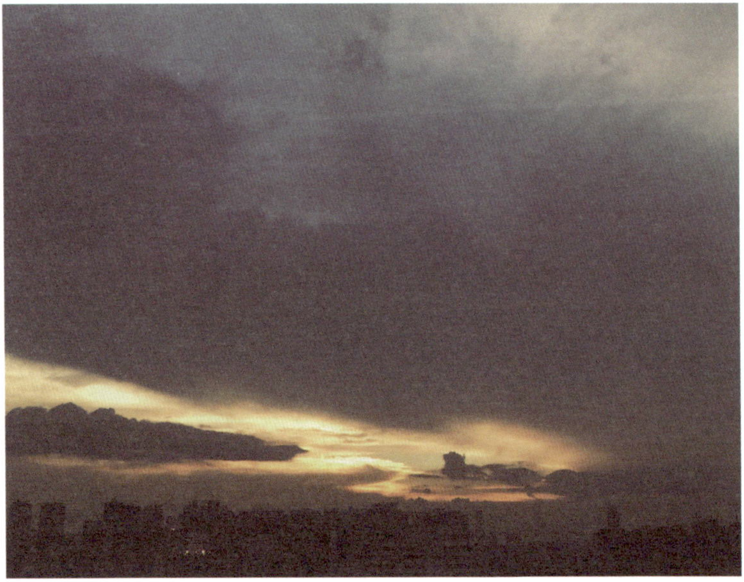

温热咸湿的空气中流淌着细密的心事，
脑海中注入惦念的影子。

你在 〰〰〰
不怨的世界里
〰〰〰 成了
更好的自己

你在

不怨的世界里，

成了

更好的自己
　　　　第五辑
　　　　CHAPTER FIVE

哪怕变不成白天鹅，你也可以很快乐

我听过很多丑小鸭变白天鹅的故事，也听过很多"屌丝逆袭"的故事。这个世界丰富多彩，本就不缺传奇。可我真的不太喜欢成功学励志书里的一个个例子，它们大多一个套路：一个多么不起眼的小角色，无貌无才也无财，然后坚强不屈、坚持不懈，机缘巧合之下咸鱼翻身，自此之后风光无限，似乎给曾经看不起他（她）的那些人"一记响亮的耳光"。这样的励志经典，我们猜得中开头，也猜得到结局。这样的成功和风光，前面总带着"终于"二字。终于，成功了；终于，咸鱼翻身了；终于，不会被人瞧不起了。

我不喜欢这样的故事，太沉重、太苦闷、太严肃。看故事的我们从头到尾为故事里的人暗暗捏把汗，哪怕主人公已经苦尽甘来，可他们的身上好像已经被烙上了一个深深的"苦印"，这个苦字，这份苦味，渗透到骨子里，再难剔除。

我总在心里暗暗羡慕那些轻松的人，这样的"轻松"是份状态，由内而外、相由心生的状态，他们的脸很少绷着，眉头很少紧锁。

忽然想起一个女孩。

她是我的小学同学。记忆中，小学的班级里有一些调皮的小男生，专门欺负老实文静的女孩子。每个班级总有那么几个女孩子是男生们欺负的对象，而她是我印象最深的一个。她好像具备了所有被欺负的条件：她是全班公认的"家境贫寒"的孩子，学习成绩不好，也不是班干部，长相平平，衣着破旧，永远给人一种"灰头土脸"的感觉。最重要的是，她一看就是不会发怒也不任性的女孩，忍耐力好，男孩们觉得她不会告诉老师，当然肆无忌惮。

曾经有一段时间我的座位离她很近，所以我几乎见证了男孩们欺负她的所有招数。扯她的头发，拿脏东西扔她，把她的作业本藏起来让她急得哭，把教室里最破的一个木凳子换给她坐……而与那些伤人的言语比起来，这些好像都只是小儿科。因为她总是长时间不换衣服，而且头发永远乱糟糟的，还时常有一点鼻涕流出来她又不及时清理。所以很多同学肆无忌惮地当面说她脏，有人说她半个月不洗澡，男孩们笑话她，甚至用她当赌注玩石头剪刀布，谁输了谁就去拍她一下。女孩们没有人愿意跟她当朋友，因为跟她走得太近会遭到男孩们的鄙视，再加上女孩们也觉得她实在是太脏了。甚至在班级文艺会演的时候，老师有意把她安排在角落的位置，老师说："不能影响集体荣誉和班级形象。"

小学那几年我是很沉默的女孩，常常坐在课桌边一言不发独自发呆，有时候看着她，我会觉得：我身边最惨的人应该就是她了。我还总在心里庆幸：幸好，我不是她。我又时常疑惑：为什么她从来不哭？如果我是她，应该连每天走进教室的勇气都没有。

可能是自小敏感，可能是心理早熟得厉害，从上小学起我就觉得命运真不公，有些女孩生来就是娇贵的小公主，而有些女孩生来就是扮演小丑的那一个。

不过她好像真的无所谓，我不知道那样的无所谓是真的还是装的。她从不跟任何人争执，从来不抗议，从来不哭不闹，对于男生们的百般欺负和嘲笑，她也从来不会告诉老师。我们有过鲜少的几次交集，她留给我的也是快乐、平静的模样。

小学毕业后整整两年都没有见过她，直到初三那年她转学到我所在的学校和班级。整个班级只有我是她的老同学，于是她主动申请坐到我旁边，成了我的同桌。她一点也没有初到一个新集体的胆怯和不适应，融入得特别快，跟前后左右的同学都打得火热，我们成为同桌的那一学期彼此无话不谈。她的头发其实依旧乱糟糟的，衣服看起来也又脏又旧了，外表跟小学时几乎没有什么变化。但不一样的是她给人的感觉，大家好像都忽略了她外表看起来的邋遢和"脏"，愿意亲近她，觉得她特别有趣。那时的我是典型的青春期忧伤女孩，沉溺于那样"潮湿的心境"，多愁善感，于是每天都会跟看起来十分轻松的她聊天，我羡慕她快乐，羡慕她没心没肺，羡慕她成绩不好也没有压力不怕回家挨骂，羡慕她吃很多零食也不长胖……

长大后的我想起她，觉得她跟其他女孩最大的区别应该是她没有愿望，一个也没有，至少从没听她提过。那时身边的女孩在一起聊天，有人希望自己更瘦一点；有人希望自己更漂亮一点；有人想要考试名次更靠前一点；有人希望暗恋的男生能多看自己两眼……太多心思太多心愿了，那是个理所应当有愿望的年纪。而她，一个都没有。她对一切都很随意，长得不漂亮没关系，没有好看的衣服没关系，学习不好没关系，没男生喜欢自己没关系……

她无欲亦无忧无惧。

我从初三那年开始明白也相信，小学时她面对周遭不公平的待遇以及所有的嘲弄表现出的那份淡定自若是真的，不是装的。不是说年幼的她有多强大，而是她真的无所谓，不在意，不在乎。

在我眼里，她小学时遇到的那些事算得上"童年的伤痛"了，而她，你见到她，一定会相信她是个心里没有伤的人。

初中毕业后我们失去了联系，这么多年一面未见，一言未说。

今天，她不知道从哪里找到了我的微博关注了我，然后在微博里给我留言，她说："你变化好大啊，我都有点认不出了。"我点开她的微博，里面有很多她的照片。照片里的她化了淡妆，穿着时尚漂亮，看得出来是精心搭配的，不再是过去那个一眼看上去非常邋遢的女孩了，不变的是她灿烂的笑脸和清亮的眼睛。她变美了，这种美不是五官的变化，而是气质上的蜕变。也许现在的她，容貌依旧算不上惊艳，可我在看到她照片的那一刻真的有些惊喜。

我不想用丑小鸭变天鹅的故事来形容她，因为她本就没有"丑小鸭式"的苦涩，她也能比无数的白天鹅更快乐。

她就是一个再普通不过的女孩子，可能很多平凡的女孩都有过跟她相同的遭遇，在成长过程中得不到太多的掌声和光芒，不漂亮、不优秀、不起眼，可并不是每个普通的你和我都能像她一样快乐，幸运到没心没肺。

更幸运的是，她有让自己变得更漂亮更闪亮的能力。

认真翻看她的每一张照片，我更加相信"女大十八变"这样的俗语。不是每个女孩生来就是靓女，但大多数女孩都希望自己是靓女。这个世界上总有一部分人天生丽质让人艳羡，但更多的一部分人通过时间、通过成长让自己越来越美。那么，女孩，你慢慢来，你慢慢尝试，默默改变，别让成长中的灰色浸透你的脸，别让别人的光芒刺痛你的眼，你要有自己的光，然后亮起来。

我想我应该把她留给我的话再次回复给她，因为这也是我想说的："你变化好大啊，我都有点认不出了。"

写这篇文章的时候，我单曲循环听着刘若英的新歌，她诚挚地唱着：

"也许要在很远很远的以后，你能看清楚自己的模样，你能开心地大笑了，你能伤心地泪流，你懂了，你懂了。也许还要很久很久的以后，你会明白他们为何离开，你终于不再落寞了，伸出手拥抱宇宙，你懂了，你懂了。也许就在很久很久的以后，我能看清楚自己的模样，我能为遗憾而坚强，为流失而勇敢，我懂了，我懂了。"

在这样的歌里，写完我心里的文字，愿意相信每一个平凡的小我都可以心明眼亮，无忧无惧。在记下这些文字之前，我刚读完我喜欢的朴树写的一篇文章，那篇文章的结尾有这样两句话："我喜欢这种对待时间的态度，我们是不是非要那么急迫不可？"

是啊，时间是最好的见证者，你的好与坏，变化与成长通通都逃不过它的法眼。

所以，时间的眼睛是雪亮的，不急，我们慢慢来。

人们总是以各种方式急于向别人展现自己所拥有的,可最为在意的分明就是那些并未拥有的。前者是盔甲,后者才是软肋。

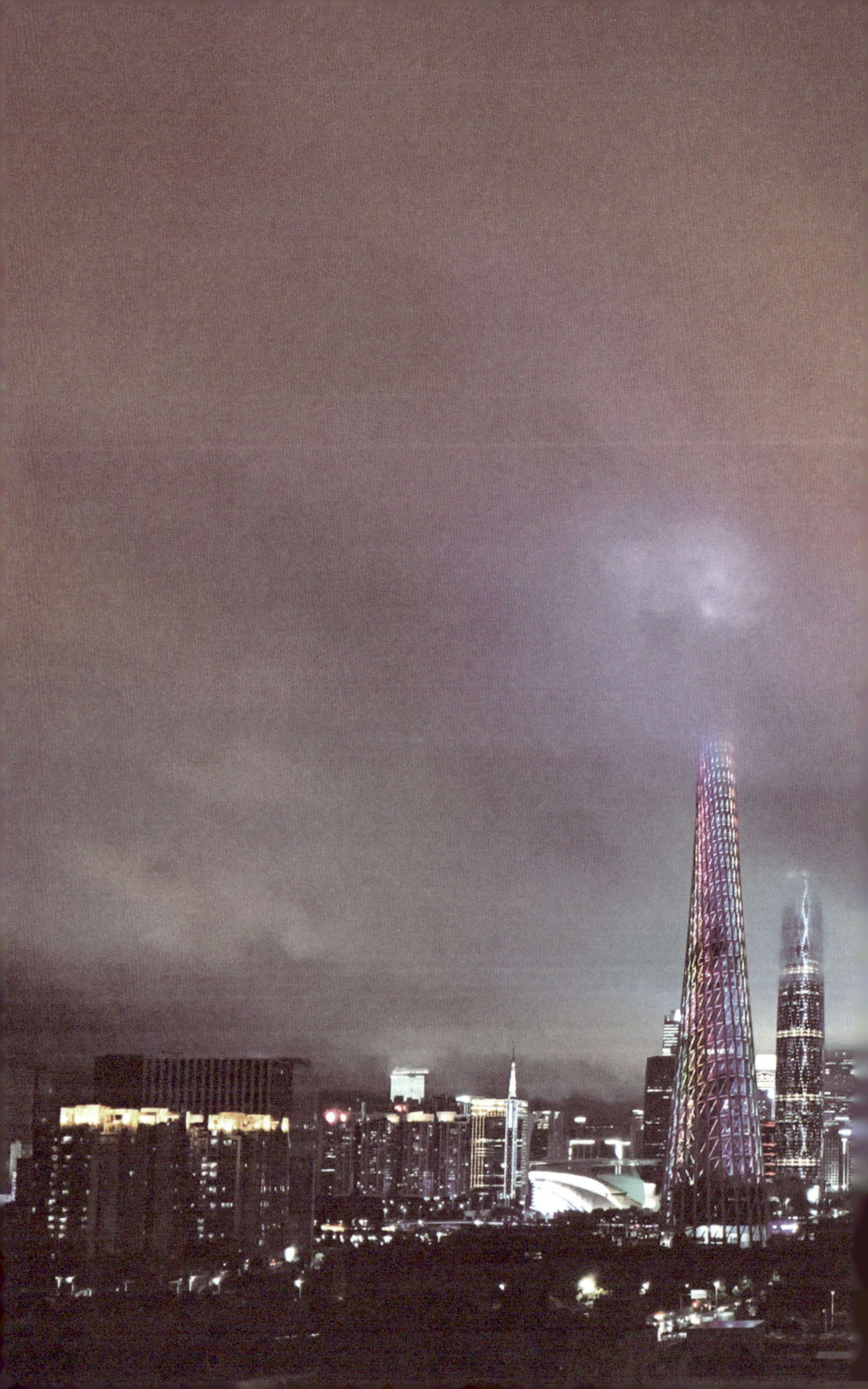

窗里透进来的光,当然不及你的眼睛亮。

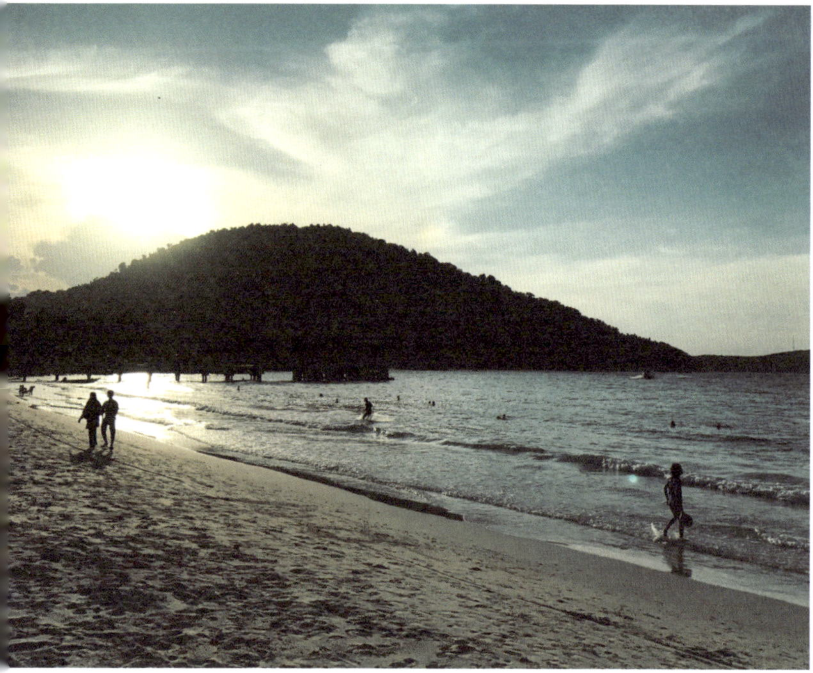

你予我的爱,足以抵御世间无常。

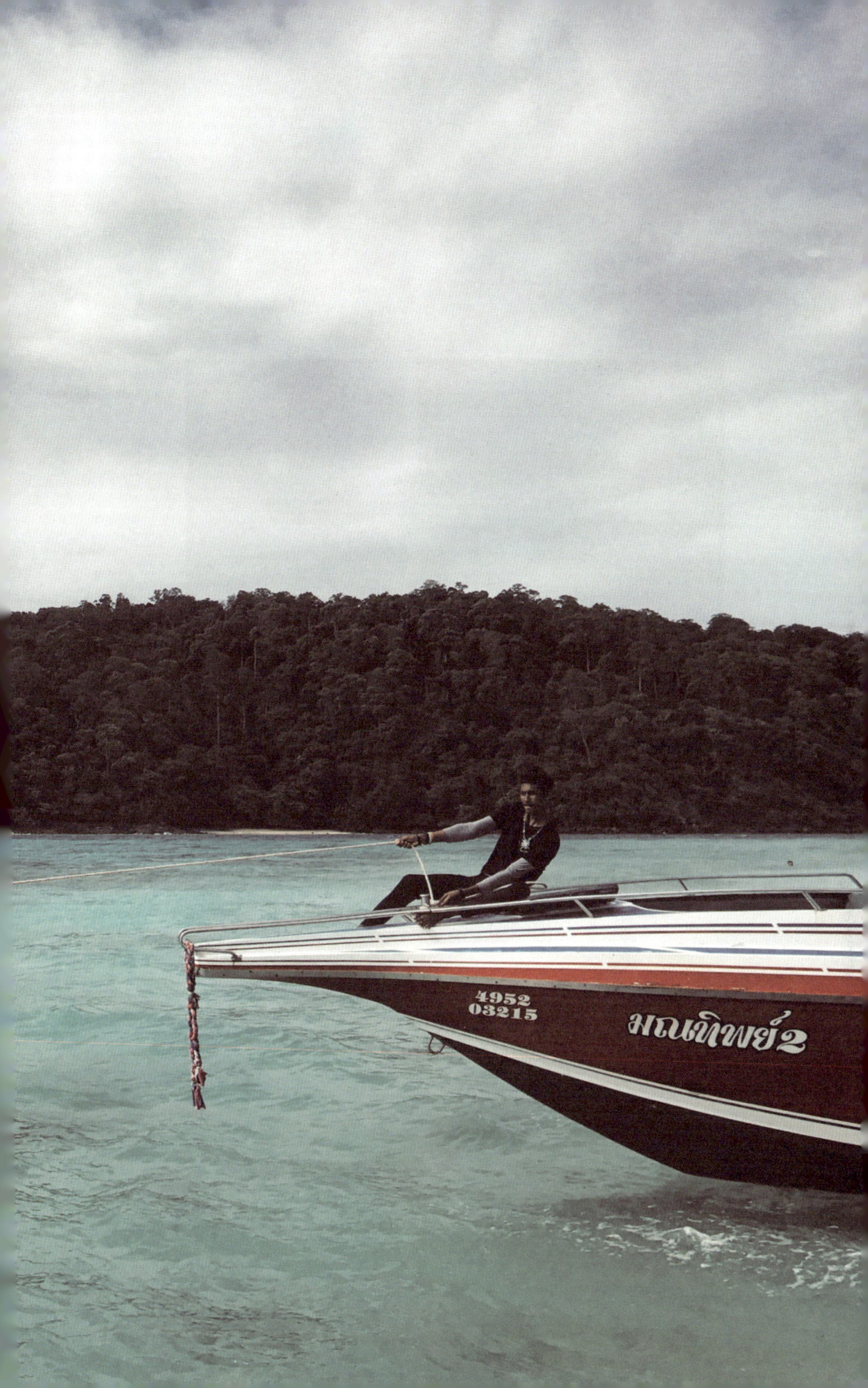
4952
03215
มณฑิพย์2

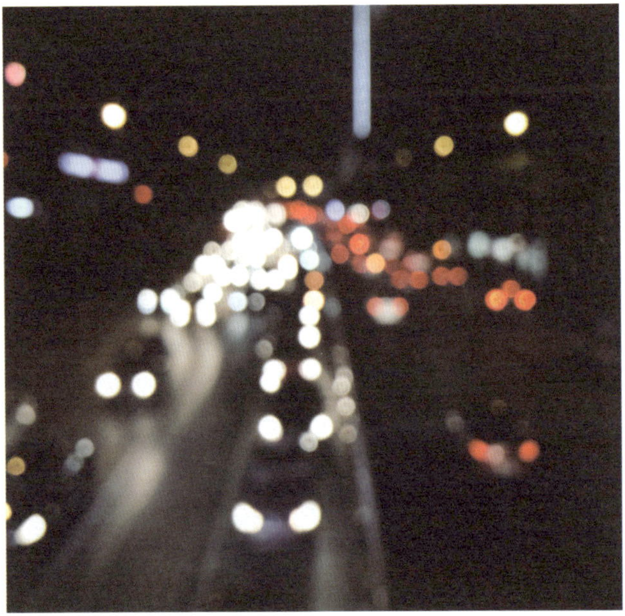

从未停止，学会更好去爱。

每一个时日，不过都是爱的练习。

拐弯的路上风景多

在北京，一个普通的工作日，夜里十一点，她刚刚下班，从公司大楼里出来，路上依旧车来车往。她顺手拦下一辆出租车往家赶，坐在车里，看这座城市霓虹灯闪烁，万家灯火，热闹非凡。到家后已是深夜，她依然毫无睡意，还要继续做未完成的工作，比如：编写两个独立运营的微信公众号、写故事、整理文稿、做音频节目的后期……这是她无数个工作日中普通的一晚，她习惯了看这座城市的夜色，习惯了把深夜里的思考变成无数期动人的情感节目，习惯了把生活里的细枝末节变成笔下的文字，习惯了用旺盛的经历迎接自己生活中的每一个日子。

她——网络人气情感主播：小北。她的身上现在有很多标签：半岛网络电台台长、原创电台情感主播、已经出版两本畅销书的人气作者、自媒体运营者……有人说她是网红，也有人说她是文艺女青年，但在我心里，她还是那个为了自己心中每一个或小或大的梦想疯狂努力、决不停歇的可爱女孩，从未变过。

大学时代初识小北，她当时是校广播台的策划组成员，她需要做的工作是根据老师的要求和每个时期的相应主题，拿出创意，写好广告词并做宣传带，然后分配给合适的播音员录制。人声录制完成后，她再通过音频后期剪辑制作，做出最后的音频成品。我经常录制小北的文案，关系热络了之后加了她QQ。那时候还比较流行写QQ空间日志，我是空间日志的狂热爱好者。加了她以后发现她空间里日志挺多，我花了一晚上的时间一篇一篇地看，喜欢她小清新的风格，那些文字让我触动。那时我就知道，我们都是爱文字的文艺小青年。

大学的空余时间很多，年轻的心跳跃着，不甘心过平淡日子，便只有使劲折腾。她在课余时间利用自己的写作长处去作文培训班当兼职老师，每个月省吃俭用从生活费里攒下钱去旅行，自己没有相机就从朋友那里借相机去拍风景，钱不够多穷游也快乐。她甚至愿意从我们上大学的城市坐24个小时的硬座到北京去看音乐节，之后再花24个小时坐回来。每次从外地回来一见面她都会兴奋地跟我分享她的经历，她又见到了什么人，又发生了什么新鲜事。有趣之余，我也有疑问："小北，你这样长时间折腾不累吗？"

只要能做自己喜欢的事，她好像永远不累。

大二那年，她开始跟朋友一起着手做半岛网络电台。我还清楚地记得某天晚上，她拿着几页文稿跑到我寝室里跟我说："熙，我在做一个网络电台，现在需要很多新主播的加入，你也来给我做节目吧！"我说："好啊，可是我自己用什么东西录呢？我们都没有设备。"小北当时特别高兴地说："这简单，我给你电脑里装个软件，你把你电脑的耳机插上去，然后就能录啦！"说完这话她就用我的电脑开始操作了，然后把稿子给我，说："今晚你就录第一期，咱们一会儿开始。"

那天晚上，在小北的指导下，我录了自己的第一期在半岛网络电台的节目。现在想来会觉得当时的我们很可爱，没有一件像样的设备，没有专业的播音水平，甚至还不知道自己到底适合什么类型，更没有所谓的风格，只是凭着对电台节目的喜爱和好奇，摸索着做这件事。想都不用想，那期节目无疑是很难听的，但是当时的我们不觉得，反倒拥有满满的成就感。

那一年，其实我身边的大多数人还并不知道网络电台是什么，大家对它不了解，听的人也不多。但任何事情的开始，不都是这样的吗？人气惨淡、问题频出、水平不足……我慢慢觉得很多事最难的不是从一到十，而是从零到一。一个从无到有的过程，凭着最初的热情，能坚持下去吗？后来的事实证明，小北坚持下来了，半岛日益壮大，主播越来越多，节目水准越来越高，听众群越来越广，影响力越来越大，半岛有了一个团队，更变成了一个温暖的集体，而且还拥有五湖四海的支持者。

那时候，小北还是校广播台的那个小策划，她无法像校园主播那样拥有自己的节目，她还是声音背后的人。于是，她开辟了另一方自己的小天地，这个小天地叫"一路向北"，是她在半岛开设的一档节目，主播就是她自己。她几乎是如痴如醉地沉浸在这方天地里，每一期节目从选定主题，准备节目文案和歌单，到录制，再到后期制作，都是自己独立完成。从大二那年开始，她录制了很多期节目，她把大部分的时间和精力都投入其中。后来，越来越多的人开始在深夜聆听"一路向北"，开始对这个叫作小北的女孩倾诉自己的心里话。

我还记得2012年的年末，小北在录制的一个宣传带里说过一句话："我一直有一个关于声音的梦想，哪怕我不是学校里的主播，但我有了另一个属于自己的世界，那就是网络，我的声音梦在这里得到实现。"说这句话的时候，她的声音里满是深情。

大四那年，她选择考研，目标是北京的一所名校，而且她想好了，非此大学不进。大学前三年都在各类感兴趣的事情上折腾不休的小北，终于在大学第四个年头开始埋头苦读，拼命啃书，变成了图书馆里的占座一族，也走上了千军万马过独木桥的考研之路。看过校园里凌晨五点半的朦胧景象，也感受过晚风清冷明月高挂的寂寥夜色。跟自己的惰性和疲惫斗争过，与南方山城冬日里刺骨的寒冷对抗过，更与"放弃的念头"无数次擦肩而过。那一年，她是考研大军里平凡的一个，蓬头垢面、行色匆匆、书本厚重、笔尖不停，当然有想过放弃，但更多时候还是为自己打气。后来呢？

后来，庆幸的是她顺利进入那所国内知名传媒院校的复试，但遗憾的是最后未能通过。再见到小北，是在大四那年的毕业前夕，彼时，她已是酷我原创电台的正式主持人了。我们聚在一起讨论大四这一年的经历，她一点都没有考研失败后的沮丧，也没有初入职场的不安，她还是那么兴奋，一点没变。她跟我说着她在那所大学复试时遇上的种种小插曲、得知未能通过时的那份失落，而那时又正好碰上感情受挫，曾有那么一个月的时间，她觉得自己的世界变成了灰色，好像什么都不顺利，上天有意为难一样。她说自己经历那一切的时候，真的是措手不及，无可奈何，充满了挫败感。可是挺过那段日子之后，她又等到了峰回路转、柳暗花明的时刻。她痛快地让考研这件事翻篇了，让遇人不淑的经历变成深埋心底的经验，好像又长大了一岁，又明白了一些东西，也看淡、放下了那些自己无能为力的事。收拾好心情重新出发，她遇上了一份心仪的工作，继续做电台，并且能靠这件自己喜欢已久的事情挣钱了。

工作后，一旦忙起来，过去的波波折折都变得不重要了。所以，2014年5月，当我们坐在一起说起这些的时候，她的脸上洋溢着那种走过逆境后重遇美好的光彩。也是那天，我们两个用专业的录音设备，一起搭档录制了一期情感节目，我们确信，一定比我们第一次录制的好听一万倍。那时我们庆幸着也感叹着，还好，从刚开始出发，一年、两年、三年过去了,我们都还走在这条喜欢的路上,哪怕途中会遭遇风雨,但上天都在合适的时候给了我们合适的机会,多好。

电台主播成了她的主业,但她并没有停下来。工作之余,她利用空闲时间写作,于是有了她的第一本书《这善变的世界,难得有你》。接着她开始经营自己的独立公众号,甚至还跟一帮志同道合的朋友着手准备创业。第二年,她的第二本书《遇见每一个有故事的你》也已经出版。我知道,她还不会停下来,她还在继续。

从认识小北的那一天起,她给我的最直观的感觉就是"兴奋",这两个字在她身上从未变过,兴奋地做每一件事,兴奋地认识更多有趣的人,也经历着、聆听着更多来自世界每一个角落的故事。

看着现在这个知性、大方、美丽的小北,不知她是否还会想起曾经那个瘦小不起眼的女孩;看着她现在用自己挣来的钱去看世界拍照片,不知她是否还会想起曾经那个攒钱穷游的姑娘;看着她现在精彩纷呈地经营自己的事业和生活,不知她是否还会想起曾经那个失恋后脆弱得彻夜难眠的自己。而倘若想起了这些点滴,想起了那些走过的路、遇到的事、经历过的心酸苦楚,我想她定会笑着对自己说:"幸好你一路努力,走到了现在!"

这个世界上有很多种生活,总有一种是你想要的。有人一直活在梦想中,而有人却懂得一步步靠近梦想。有时候,梦想变成了一个很可笑的词,因为一旦你说出来,周围总有一些声音对你嗤之以鼻,或者告诉你"不可能"。总有人喜欢当你的人生导师,告诉你现实的生活里,什么是该做的,什么是该舍弃的。可只有你自己知道,你心里的渴望。所以我欣赏每一个用实际行动筑梦、造梦的人。

有的时候,你所走的路途会转个小弯,但同样不影响你到达终点。比如，大一那年的小北未能成为广播台播音员，可大二的她靠着文字才华依然进入了这个声音的集体；大学时不能在校园里拥有自己的电台节目，便另辟蹊径在网络电台里闯出自己的天地；后来未能进入自己梦想中的大学攻读硕士研究生，便打起精神寻找机会专心工作，一路越走越好；也曾遇人不淑伤心难过，但爱过痛过哭过之后变成更成熟的自己，终能坦然地说：幸好，当年他没跟我在一起。

那些闪闪发光的人，并非一路运气爆棚顺利畅通，在你看到她的耀眼光芒之前，她可能已经悄无声息地、马不停蹄地走了很久曲折蜿蜒的路。她依旧在路上，她未来要实现的梦想，是去大理开一间名叫"一路向北"的客栈，我期待未来的某一天，在她的"一路向北"停留，我们依旧把酒言欢，说起爱恨情愁的故事，聊起梦想这些事，还有始终步履不停、坚持初心的自己。

在收藏别人故事的同时，她也成了自己的故事。

辛辛苦苦过舒服日子

你会为自己选择怎样的生活？

当我问出这个问题的时候，却又开始反思好像不应该这么问，因为绝大多数人并不能完全随自己的心意去过一种百分之百让自己满意的生活。没错，这就是生活的原貌，不如意是常态。

那么，你会用怎样的方式去过这并不如意的生活？

一

峥姐是我的学姐，第一次见她，她的自我介绍是："我叫李峥，峥嵘岁月的峥。"简单的一句话，让我记忆犹新。就像她这个略微男性化的名字一样，她的内心强大又理性。

她在大学时是绝对的学霸加风云人物。大学里拿了四年最高奖学金；拿各类活动、比赛的奖项拿到手软；是校辩论队有名的"最佳辩手"，永远让对方辩友害怕；只要是她参与的学生组织、社团活动，她一定是领导者。她的种种成绩在学校里广为流传，小她几届的学弟学妹可能没见过她人，但都听过她的风光事迹。

就是这样一个大学里成绩优异突出、风光无限的优秀女孩，大四那年自信满满地考研却以失败告终。不过经过短暂的休整之后她又重新上路，一个人去深圳找工作，步入职场。过去的风光荣耀在这里通通都不算数，跟无数普通的应届毕业生一样，她也得把自己精心制作的个人简历投递给很多家公司，等待未知的考验；她也得穿着职业装、踩着超过五厘米的高跟鞋参加一场又一场的面试；她也得看人脸色见机行事，为争取一个工作机会费尽心思。找到工作后更不能松懈，要付出百分之百的努力做好本职工作，守住这来之不易的机会。

峥姐在深圳的第一年，独自蜗居，恋情也宣告失败，正处于紧张又不知所措的"职场小白"阶段。好在，她有一颗从不服输的心，她在一家知名外企中找到了一份培训师的工作，能够发挥自己的长处。她工作效率高，专心又细心，懂得事事留心，非常好学，再加上为人处世真诚又得体，很快就融入了新的环境，很多事处理起来也得心应手。

三年时间里，她完成了从毕业生到职场白领的转变，在自己的工作岗位上做出了一定的成绩，也收获了个人能力、专业素养各个方面的提升，日子过得忙碌。在深圳的第三个年头，她做出了一个让人惊讶的决定：离开这家已经非常熟悉的公司，离开这个已经适应了的温床，跳槽去另一家公司。原因很简单，她希望自己得到更大的提升，需要新的成长，也就不惧怕新的挑战。

她的新东家是大名鼎鼎的"腾讯"，像曾经面对第一份工作的热忱一样，这一次她依然全力以赴。新工作更忙碌，节奏更紧张，要求更高，好在有了前三年的储备，这一次她不慌不乱，人确实是越经历越强大的。

迎接工作上的新挑战的同时，她也完成了人生另一件大事——她结婚了。她跟我说过一句话："让婚后两人感情继续保鲜的最好方法就是不要有改变，婚前怎样，婚后就依旧。"婚后的她，在深圳有了属于自己的家，有了可以安心依靠的肩膀，有了幸福的牵绊。在丈夫面前她是温柔的小女人，但在公司，她依然是女强人，没有因为结婚而对工作有过半分懈怠。工作之余，她会享受两个人的甜蜜旅行，她会沉浸于朋友间的周末小聚，她也迷上酣畅淋漓的运动，当然，她还不忘看书学习提升自己。

婚后的她，工作家庭两不误，没有显现出一点疲态，倒更加懂得经营生活，善待自己。最近一次去深圳见她，她坐在我身边满足地咬下一口甜腻的榴梿酥，然后充满期待地说："我现在没有以前忙啦，至少不用经常加班到晚上了，接下来，我准备考研，一边工作一边读书。"我看着她，突然觉得她比榴梿酥更甜。

跟那些时常感叹深圳房价高、物价贵、生存不易、生活艰辛的年轻人不同的是，她也是独自来到这座城市一切从零开始的普通人，但她从不抱怨这些冷冰冰的现实，只是用自己的聪慧、才智和脚踏实地的努力，一步步在这座城市站稳脚跟。我了解她的工作强度和压力，所以更佩服她的态度：再辛苦也不觉苦。从我认识她那天起，就知道她是个永远停不下来的人，绝不会允许自己安于现状。她说："要把优秀当成一种习惯。"她一路转换着身份、角色，完成一次次的自我提升，只为了给自己交代。

辛辛苦苦，忙忙碌碌，不过充实丰富又无比幸福，走的每一段路都留下了生动的记忆，这样的日子，才踏实舒服吧！

二

君君是我大学时的室友，那时的她是典型的宅女，大学那几年她的生活里只有几件事：上课、逃课、吃饭、睡觉、宅在寝室追剧。跟无数在大学里迷茫、没有方向又懒散的学生一样，她不知道自己该干什么，不明白上那些无聊的课程有什么意义，不知道自己有什么可以发展的长处，不知道未来的路怎么走……于是干脆用看不完的电视剧、综艺节目来打发大把空闲时间，以此来制止自己胡思乱想。

大学时的君君，就属于校园里最普通、却也最典型的那一类"迷茫派"。对专业学习提不起兴趣，对五花八门的社团活动也不感冒，不爱社交不爱主动参与，明确知道自己不喜欢什么，却不知道自己真正喜欢什么，平稳度日，无聊至极。

有意思的是，在学校里最"闲"的君君，离开学校后却成了我们寝室四个女孩里最忙的那一个。君君后来找到的工作，就在她的家乡武汉，那份工作跟我们本科时学的传媒专业一点关系都没有，完全陌生的领域，完全陌生的工作，不过她也误打误撞入了行入了职。因为是一张白纸，也因为一切从零开始，她对工作的兴趣倒比别人更浓厚。她的小宇宙就像突然之间爆发了一样，那些被大学的闲散日子埋没了的优点全都重新浮现，她的语言表达能力、沟通能力、对新事物的好奇心和探索、性格里的沉稳，这些长处都在工作中得到了最大程度的体现，她充分利用，积极主动。在公司里资历最浅、年龄最小的她，用最短的时间赢得了领导的好评、同事和客户的信任。

她拥有了更多展现自己的机会，领导也逐渐把更有挑战性的工作交给她，她感到庆幸的同时也倍感压力，只有把更多的时间和精力都放到工作中来，于是就有了后来的那一系列遗憾。她只花了十天的时间回学校办理毕业事宜，就匆匆赶回去投入工作了。她没来得及参加毕业聚餐，找人代领了毕业证，没有在大学最后的日子里痛快疯狂把酒言欢……没有办法，公司给的假很有限，她也放心不下，工作脱不开身。

她的工作需要常年在外出差，一个星期跑三座城市是常有的事，长时间在一个环境里封闭培训是常有的事，长年累月加班熬夜写方案更是家常便饭习以为常。她会跟我说："我这一个月来，在家待的时间没超过三天，都在外面跑，真的特别累，甚至想过辞职。可是转念一想，我们都还这么年轻，一切都刚开始，未来的路还长呢，不能浮躁，得沉下心来干好眼前的工作，以后会越来越好的。"曾经那个只会跟我抱怨"迷茫找不到方向"的君君，现在却是常常开导我的那一个，教我在工作中要保持进取心、新鲜劲、热情度。

其实，再正能量的她也有遇到坎儿的时候。被年长的同事排挤，遭到更有资历的同事鄙夷，甚至尽心完成工作任务却不被领导理解，遭到劈头盖脸的责骂……这样的波折她都遇上过，委屈的滋味也真切地尝过。记得比较清楚的一次，她在出差途中，睡在火车卧铺里，夜晚十一点突然接到顶头上司的电话，电话一接就被大声吼骂，才知道自己某一个小细节没处理到位让领导大为不悦。她当时一句话也说不出，就是哭，一直哭，哭到车厢里原本已熟睡的陌生人都醒来奇怪地看她，所有的委屈、疲惫、无助都在那一刻涌出，毫无征兆。

她在这超负荷的工作中不断给自己补充能量，走更多的地方，见更大的世界，与更多人相识，接受一个又一个挑战……她会在领到奖金后痛痛快快买很多新衣服犒劳自己；她会在一夜未眠后坚持给自己画个美美的妆继续新一天的工作；她会在凌晨五点出门赶车的早上给自己来几张灿烂微笑的自拍；她会利用为数不多的假期去旅行……

现在的君君，一年里大部分时间都得拖着行李箱马不停蹄辗转各地，再累也得穿着小西装踩着高跟鞋微笑着见客户、商讨方案、讲课，一个"忙"字概括了她全部的生活。能够偶尔忙里偷闲吃一顿美食，看一场电影，买一件心仪的物品，回家跟家人聊会儿天等种种小事都成了她生活里的小确幸，也成了她继续努力的动力。她有时候打趣道："兴许上天是要把我曾经偷过的懒都还给我，大学那几年睡多了，现在就没时间睡觉。曾经我是寝室最宅的一个，工作这两年却天南海北到处跑。"

可能真如她所说，她得忙碌再忙碌，以弥补曾经懒惰的年月。当然，她也会精彩再精彩，来填补曾经无聊虚度的光阴；她更会越来越美丽，来弥补曾经内向、平凡、黯淡无光的自己。所以啊，即便辛辛苦苦，她也心甘情愿，心满意足。

三

记得大学时去过几个单位实习，发现每个单位都有一些前辈工作时无比闲散，无论什么时候好像都无所事事，对工作早已没了热情，也找不到新的目标，于是将"当一天和尚撞一天钟"的状态无限延续下去，凑到一块儿谈论的无非也是家长里短。我那时看到他们这种状态感觉很惊讶，跟家中长辈说："我以后可不能这样，这样对待工作有什么意思。"长辈们常会以过来人的身份对我说："这就是现实啊，一份工作做久了，每个人都会疲惫会无聊，不会一直有激情的，以后你就知道了，生活也好，工作也罢，就是无聊的，习惯就好。"可我还是无法接受这样的观点，既然活在世上，为什么不能让自己过得有趣点？既然坚持着一份工作，为什么不要求自己不断进步呢？

后来，我也工作了，我也体会到了长辈口中的"无聊"，也懂得了这确实是大部分人的常态。我更明白了，步入社会以后，"激情"就变成了奢侈品。不过，每当自己觉得无趣、疲惫的时候，我都会试着给自己的工作找点新的乐子，或者问问自己："我是不是还应该做得再好一点？我是不是应该再多学一点东西？"因为我害怕自己某一天也会淹没在成年人的"空虚大军"里，生活和工作都会变得空洞不堪。还好，我的身边依然会出现一些有趣的、努力的人，成为我督促自己的镜子。我的同事兼闺密VV，工作之余学粤语又学英语，报了专业的学习班，每天花大量的时间学语言，总能看见她独自一人饶有兴趣地练习口语，她说："以后出国旅行用得到的，因为打算每一年都让自己出国旅行一次，要多往外走走，多看看这个世界。"

　　人确实特别容易在日复一日的重复中，磨灭掉自己最初的热情、激情和好奇心，也特别容易在安逸的生活和稳定的工作中变得懒惰又无趣，可还是有很多人，他们用自己的韧性、耐心，坚持着初心，把工作做得更出色一点，把日子过得更丰富一些。就像一直在转换身份却从不忘提升自己的峥姐，就像尽职尽责决不懈怠的君君，就像一直对新事物保持好奇心的VV。

　　特别庆幸的是我的朋友们身上总有很多让我欣赏又佩服的特质，他们在离我或远或近的地方影响着我，让我也时刻保持自己对生活的热度。想起高二那年在书里看到的一句话："辛辛苦苦过舒服日子。"当时的年纪无法理解其中的含义，直到前段时间深夜写稿时，我的朋友对我说："我们都适合辛辛苦苦过舒服日子。"我才终于感受到了这句话的奇妙。也许有些人就是永远都停不下来，永远保持一种不安分的"在路上"的状态，别人会问："这是何必呢？"但只有他们才懂得其中的乐趣和满足。唯有如此，才能求得一份心安；唯有如此，才能在偶尔的来之不易的闲散时光里倍感珍惜；唯有如此，才会更珍惜靠自己努力得来的好生活，惜心享受自己挣来的好时光。

　　辛苦忙碌，但踏实幸福。所谓"辛辛苦苦过舒服日子"，大抵如此吧。

普通却不普通的人

有人像叶子,自在飘零,却难免孤独,可是他的孤独,值得回味。

他是个孤独的大男孩,性格内向、生活清静。他的圈子很小,生活很简单,不争不抢,平淡自处,他做事节奏不快,却井井有条。他的处事方式就是少说多做,喜怒不形于色。

不爱说话的人,却偏偏声音很好听;性格内向的人,却偏偏想当主持人。大多数人有一些固有观念,比如:觉得主持人一定性格很开朗,到哪里都是活跃气氛的那一个,但事实并非如此。他,不爱说话,不代表他不敢说;说得不多,不代表他说得不好。

他就是那个平时少言寡语,面对话筒却滔滔不绝的人。这一点,我跟他很像。气味相投,志向一致,所以我们成了朋友。我们当年都是"声音控",都有"广播梦",大学时都进了广播台,被分到同一个节目组。大学头两年,我自卑、内向、安静、不敢与人交流。认识他之后,我才知道,有比我更安静的人。做节目之余,他话很少,除了拿着稿子练习,基本不开口。印象中,做节目他总是听我的,我找稿子我定主题,我设定谈话内容,我定音乐,他都说"好",从不发表意见。直到现在想起来才发现我自己的掌控欲太强,不习惯与人交流商量，全部自己做决定，作为搭档的他只能"忍受"。

我们两个的组合，是"熙哥"加"振姐"，因为相比之下，我比他更汉子，也比他看起来魁梧，他是那种少有的"小骨架男孩"。他个子小，肩膀瘦弱，声音却很man，很成熟。跟他搭档时间久了，我们逐渐能够聊得很开心，发现彼此身上的很多共同点，这时我才明白，有些人，并不是对人冷淡，而是比较慢热。这样的人，往往朋友不多，他们对朋友有着很严格的筛选，决不滥交，但少有的几个，肯定都是交心的。

他从来不追求所谓的"热闹"。大学里，但凡有点小才艺的人，都会参加各种各样的社团活动，在各类活动上露脸，忙忙碌碌，也风风光光。年轻气盛，谁不想成为校园名人？谁不想为自己争取更多的机会？他就不，算是个另类。他喜欢阅读文学作品，朗诵也很棒，他学的是英语专业，他们学院以女生居多，有个能主持会朗诵的男生简直就是学院一宝。但他从不参加任何此类的活动，也拒绝了所有比赛的邀请。他一个人上课、吃饭、看书、听歌，简单充实。也正因为如此，他始终保持着对人对事都真实又真诚的态度。

在丰富的大学活动的历练之下，内向的我也学着见人就一副标准的微笑，学着找话题勉强跟人攀谈，学着更"热闹"一点。他不勉强自己融入所谓的"圈子"，也不需要那份"热闹"或风光，依然清清淡淡地为人处世。大学时光里，他的业余时间只加入了广播台，认真、专注地做这一件事。我那时常觉得他傻，为何不抓住表现机会？又觉得他孤傲，我那么努力地奔波于学校各类文艺赛事的舞台上，他倒一而再再而三地拒绝，是瞧不起吗？不屑于跟人比吗？又或者，觉得他胆小。

可就是这个胆小的男孩，在大三结束后，大家都在等待实习机会或者还没找到未来的方向时，他倒先人一步，主动出击，联系了一位已经毕业的学姐，去四川攀枝花电台实习。大三那年的暑假，他没有闲下来，只身一人去往攀枝花，开始了自己的实习生活。实习的日子，他依旧孤独，他的性格导致他实在没办法快速在一个新的环境交到朋友，但他很充实。他离自己的广播梦又近了一步，他在这里谦虚地向每一位前辈学习，熟悉工作环境，熟悉从未接触过的专业的播音设备。踏实的人，运气都不会差。有时候你默默地做好每一件眼前的事，心无旁骛，用心付出，你以为没有人看见，其实，你的一举一动都被人看在眼里记在心里，你的每一份付出，也能在不经意间换取回报。他的用心好学确实被领导记住了，然后得到了一个上直播节目的机会。

最开始，他是由拥有丰富经验的同事带着上节目，一期、两期、三期，很多期做下来，他表现不错，获得了独立主持一档节目的机会。再后来，他接了一档深夜十二点的夜间情感节目。这种类型的情感节目，是我们俩在大学里讨论过很多次的，他终于实现了，来之不易，他付出了百分之百的用心和真心。那时我跟他打电话聊天，我说："你这样日夜颠倒的工作时间，身体会吃不消的，长期下去对健康会有很严重的影响。"电话那头他很兴奋，对我说："现在我的生物钟完全混乱了，但是我做这个节目很开心，每天都有那么多人听我在深夜讲话，他们也会跟我分享很多心事。"他就是这样的人，对任何事都鲜少发表意见，但对于自己真正想要的，却坚定得让人佩服。

他在攀枝花电台的实习期结束后获得了转正机会，他终于能够成为一名真正的电台主持人了。不过，大四毕业后，他却拒绝了这个机会，离开了攀枝花。跟他以往拒绝每一次机会一样，他显得淡定、轻松，好像没有丝毫的挣扎，给身边的人留下了一堆"为什么？"为什么好不容易争取到的机会又不要了？为什么明明要梦想成真了，自己却选择放弃？为什么要丢掉这样一份稳定的工作？为什么要离开已经完全熟悉、适应了的工作环境？他的回答很简单："我已经做了我最想做的事，而且已经尽了自己最大的努力，做到了我能力范围内的最好，尝试过了，体会过了，没有遗憾了。我知道自己不可能一辈子待在那里，那就尽早离开吧！"

我一点都不掩饰自己惊讶又不理解的情绪，很直白地对他说："你知道现在应届毕业生找一份工作有多难吗？你就这样放弃了你最喜欢的事，我为你觉得可惜。"他潇洒地说没什么，然后补了一句："做最后一期节目的时候我哭了，我只是舍不得我的那帮听众。"听完这句话我对他心悦诚服，他绝对是个真诚的广播人，听众是他未曾谋面的、电波里的朋友，听众也是他在那座陌生城市的安慰。

本以为，他或许天生就是一个云淡风轻的人，所以懂得舍弃，也不怕每一次的离开。直到最近，离开电台已经一年多，他才对我说："在电台工作的时候，工作是我的全部，喜怒哀乐全在晚高峰的节目和凌晨第一个小时里，那个时候的日子纯净而又幸福，以至于我常常想起来都非常怀念。可真正可悲的是，大多数时候我自己并不快乐，因为孤独，可我却努力地想要温暖别人，其实深夜里痛哭的也包括我。"

原来，安静的人会享受孤独，却也会害怕孤独。

离开电台，离开攀枝花，他去了上海，这座被称为"魔都"的城市。他这个决定再一次让我震惊。这座城市的气质跟他多么"不配"。一个清静的人，一个内心沉浸于文艺的自我小世界的人，能适应上海快节奏的生活吗？他那么追求内心的自由，能在这里好好工作吗？他为什么要放弃已经稳定的、安逸的工作和生活，去一座压力极大的城市重新开始呢？他依然不做解释，只说："就当去试试吧！年轻，也该赚钱，上海机会多。"就这样，还是只身一人，到了上海。找工作、找住处、接触新的环境，又一次从零开始。

他在上海找到了一份新媒体运营和社区运营的工作，全新的领域，从未接触过。他说："还是当电台主持人的经历给我加分了，给我招来了这份工作。"像我意料中的那样，一开始，他不快乐。工作吃力，生活疲惫，好多不适应，身边一个可以说话谈心的人都没有。如果说，在攀枝花的日子，他还有听众为伴，他还有每天深夜节目里那掏心掏肺的一小时，那在上海的日子，他真的连倾诉对象都没有。跟"魔都"里每一个平凡的打拼者一样，他在小小的蜗居里独自造梦，在钢筋水泥的城市里匆匆赶路，在那栋每天进进出出的写字楼埋头工作。收起文艺小青年的敏感矫情，藏起辛苦工作中的疲惫，能露出来的只是干练、麻利、专注、冷静的一面。在这里，他需要做一个不一样的他，他适应着也困惑着。

他坦言："上海是一个节奏特别快的城市，但我的生活一如既往地宅。在'魔都'的日子，总有一些和以前不一样的地方，工作的关系，需要与不同的人打交道，与人交流的频次越来越多。和一些学生时代的朋友和解，发现自己和朋友们的距离越来越近，孤独的感觉也能击退一些。不开心的时候给家人朋友打个电话，约最近的朋友一起吃饭，周末约同事同学一起出去玩，我还是有一些办法让我尽量快乐得像个正常人。"孤傲的他，清静的他，少言寡语的他，在一步步融入上海这座城市，在努力摆脱孤独，在学会让自己更快乐。

他高傲的本性其实一点没变，表面温和，内心却不示弱，他始终独自接受生活或工作里的点点滴滴，不言苦，也不愿抱怨。他一直以来的态度都是：无论过得怎样，再难堪，也得过下去。

他泰然自若，面对任何事都能以"兵来将挡，水来土掩"的态度温和处之，不急不躁。突然想起大二那年我参加一个全国演讲比赛，第二天就要启程去参赛，前一天却还没理顺折磨人的八篇稿子。启程的前一天下午，他一直陪着我，帮我修改电子稿，一句一句帮我梳理，再给我放好听的音频调节心情。想起我曾经在武汉实习的日子特别没自信，所有的事都会打电话告诉他，跟他聊会儿天我就能重拾信心，相信梦想还活着。还想起我初到珠海那阵子工作很不顺，总给他打电话哭诉，他一直告诉我："没事的，会好起来的。"他还会每天都在微博里鼓励我、支持我。他会把好听的音频和歌曲都传给我。他用他自己的方式帮助我走过那段最低谷的日子。

我知道，他比我勇敢，更比我强大。

有一种人，看似内向胆小又平凡渺小，在人群中总是被忽略的那一个，其实他们的心里藏着巨大的能量，更有一颗意志力坚定又纯净的心，他们不奢求人懂，只做好自己。

我听着好妹妹乐队的《普通人》写下这些文字。歌里唱着："我没有生来勇敢天赋过人，面对悬念迭起欠缺一些天分。我没有意志力不曾冲锋陷阵，却变成一个不同的人，普通又不普通的人。"

刚刚，他跟我说："我没有什么远大的理想，只愿和家人在一起，和爱的人在一起，陪伴下一代成长。"

这个世界上，大多数人，都是普通人。没有显赫的家庭背景，没有出众的容貌，没有过人天赋，但有一颗把日子过好的心，有一些敢于尝试的能量，有一份对未来的期待，有一些深藏于心的愿望。就这样，踏踏实实，安安静静，真心实意，不卑不亢，当一个普通却不普通的人。

如果，我一辈子都没出息

小时候，对未来没有概念，唯一想过的就是：长大后，我是当老师好呢还是当医生好呢？貌似在小朋友眼中，这两种职业比较厉害。男孩子喜欢说长大后要当科学家、宇航员或者是警察，觉得很威风。小时候我们崇拜那些看似厉害、威风的人。父母、老师对小朋友说得最多的一句就是："要好好读书，长大后才有出息。"

所以在大多数人固有的观念里，"有出息"是这一辈子最要紧的事。

在还没有理解"有出息"的真正含义的时候，就被屡屡告诫"你得成为一个有出息的人"。但不得不承认的是，一个人可能终其一生，都很难弄明白自己是不是真的有出息。

有出息也许就是成功，就是功成名就、名利双收，这就是通俗意义上的出息与成功吧。

但真正能功成名就的毕竟只是一小部分人，金字塔的顶端能容纳的个体十分有限。决定一个人是否能爬上金字塔顶端的因素也太过多元，天时地利人和的任一因素都不是一己之力能够掌控。既然"有出息"、"成功"这样的状态本身就是无常的，那生而为人，我们是否能接受自己原本就是普通的个体呢？

如果，你努力追逐、拼命奔忙、全力以赴，依然无法达到内心设定的高度，无法成为别人眼里的"成功者"，怎么办？更何况，人需要与天生的惰性对抗拉扯，能够真正做到全力以赴都很难。当你每一次的得到，不如你的预期的时候，你能否正视生命的庸碌平常？

平常，不等于low；平常，不等于无趣。

前段时间我很焦虑，我怕自己一直做着目前的工作得不到提升，怕自己一直读着无用的书没有实际的意义，我怕自己写的琐碎的文字一天天淹没无人赏识，我怕自己还来不及做一些惊天动地的事就那样匆匆嫁人而后老去，我怕心中的宏伟蓝图被庸常的生活抹掉再也无法实现，我怕自己这一辈子都只是个普通人。

如果，我一辈子只能是个普通人，无法成为别人眼里"有出息"的人，这真的很糟糕吗？

也许会，也许未必。

郑老师是我大学时教普通话课的老师。我最开始喜欢她，是因为她漂亮。她与我想象中的大学老师的形象不太一样，她不严肃，不古板，也不老。每一次见她，都会被她的潮范儿吸引，我喜欢她时尚又得体的装扮，喜欢她极具亲和力的性格，喜欢她动听的声音，喜欢她轻松活力的授课方式……她能特别自然地在课堂上开玩笑；她在碰到熟识的女学生时，会不由自主地说："这是新买的裙子吧！真好看！"；学生们的校园活动她更是全力支持尽力参与，一点架子也没有。

在学校，她是美女老师；在家里，她是两个孩子的母亲。我一度认为女人只要当了妈就彻底失去了自我，所有的时间都将不属于自己，被孩子、被家庭琐事、被家长里短填满，多可怕！

从她的身上，我才知道自己的这种想法太过片面、偏激。原来，幸福是需要自己经营的，真正懂得经营的人，无论她的生活如何改变，幸福的状态应该是不变的。郑老师每天都会花不少的时间把还在上学前班的女儿打扮得像个小公主，无论工作再忙都不会缺席女儿的每一个重要时刻。她认真拍下女儿为自己准备的小惊喜，更会充分给予女儿空间，支持她的每一个兴趣爱好。去年，她生下了第二个小宝贝，一边悉心照顾着小宝，一边不忘耐心陪伴大宝。她用照片记录下姐姐与出生不久的弟弟相处的画面，漂亮的姐姐拥着可爱的弟弟，一双儿女，幸福温馨。

当然，她也有忙得不可开交的时候，也会看到她在朋友圈里发的无奈的状态："小宝发烧，40度，持续一天，住院、打针，关键是一直要站着抱，不准坐，屁股一挨凳子就开始哭。大宝也来凑热闹，口腔溃疡加上牙疼，脸肿得像包子……想着办公室还有一大堆写得哭笑不得的论文没改，手机被学生催得不停地响，周六周日还有普通话测试，还有备课、上课，还有我那一堆顽皮的编导班的孩子……两个孩子的妈妈，一堆孩子的老师……唉……女汉子也有想打盹儿的时候。"

很多学生纷纷在底下留言，有给她支着儿的，有为她加油打气的，还有人对她说："郑老师，我们一定乖乖的，不再让你操心。"家里那两个可爱的孩子让她辛苦着更幸福着，学校里那一堆时常惹得她哭笑不得的孩子让她累着又感动着……正是生活中那些欢喜交加、喜忧参半的琐事，还有那些她爱着又牵挂着的人，让她的心时有一种温柔的力量。内心柔软的人，一定不会被生活的庸常所打败，他们能够扫去疲惫，让日子重新焕发光亮。

她的生活拥有很多美。自己外表的美，心情的美；忙碌的美，付出的美；感动的美，收获的美；还有用心体会生活的美。

寻常日子里，她的成就感来源于大宝女儿学习舞蹈又有了一些进步，又为自己画了一幅童真的画；来源于小宝儿子又长胖长高了一点点；来源于学生在主持课上的表现又有了更精彩的呈现；来源于一大家子人又聚在一起吃了顿满足可口的团圆饭……生活中，处处有欢喜。

所以啊，平常日子就一定是糟糕的吗？未必吧！

这时，我再一次问自己：如果，我一辈子只能是个普通人，无法功成名就，怎么办？

我想，我会接受这样的常态，承认自己的渺小与普通，用心把普通的每一天过得有趣一点。我会用心对待自己所面对的工作、眼前的生活，以及身旁的人。学会在日复一日的工作里依然保持新奇，而不是倦怠不已；在柴米油盐的生活里感受烟火气的温情，而不是迷失在鸡毛蒜皮里；在亲人、爱人、朋友的陪伴下学会更好地去爱，而不是计较着付出，活在怨声载道里。

家庭和睦温馨，工作有序进行，家人平安，爱人相伴，儿女健康，知己两三，这已经是多大的圆满了呀！能够将最平常的日子过出生动的旋律，这也不失为一种本事吧！

若无法成为别人眼中那个有出息的人，就先成为这个让自己幸福的普通人吧。

心若欢喜，万物欢喜。

她一个人，在漂泊中沉默

这个故事，写给我欣赏的那位姑娘，也写给每一位二十岁出头又身处异乡的你。

她二十岁出头，大学毕业那年决定离开那座离家较近的北方城市，也毅然放弃了一个进入国企的工作机会。她的家人满心期待她毕业后回北方安心工作，安心嫁人，过安定的生活。也不知她是突然的冲动还是心里计划已久，反正那一年的六月她很淡定，写论文、完成毕业答辩、领毕业证、吃毕业散伙饭，一切处理得井井有条，然后打包行李，坐上了去深圳的列车。

对于这样的选择，她轻描淡写：可能深圳这座城市有我想要的一些东西吧！

去了深圳后又是新一轮的琐事：租房、投简历、找工作、熟悉环境、投入工作、正式开始新挑战……她在深圳的第一份工作是在一家非常有名的英语教育机构当管培生。跟人说起她的工作内容，她会说：什么都干啊，发传单都干……这份工作最让她满足的，应该就是她能借工作机会参与很多文化性的活动，毕竟骨子里她还是一个非典型文艺女。

深圳的生活节奏、房价、物价常常让初来者望而生畏。企业里的竞争压力，复杂的人事关系，高强度的工作也常让刚毕业投身职场的新人喘不过气。不过她从不向人提起这些，说到深圳的物价，她会说："一个人吃得便宜点吧，也有十八块一碗的牛肉面吃。"有时她也会特别调侃地发条朋友圈："工资都用来还信用卡啦！哈哈！"

不过她还是热情满满地过她的日子，她是摇滚迷、民谣迷，只要时间允许，只要路途的遥远程度她能接受，她绝不会错过那些叫得出来名字的音乐节。她能折腾不怕辛苦，工作之余跟一帮乐迷全国到处跑，晚上住自备的帐篷里，省了住宿费更乐此不疲……也许摇滚给了她不可撼动的精神力量，让她在疲惫生活中保留了英雄梦想。

工作再疲惫，依然抵挡不住她那颗炽热的恋爱心，恋爱时欢天喜地满足喜悦，全心投入的她俨然一个甜甜的小女人，收起了北方姑娘心里的强悍。她说："我男朋友拥有我性格里缺少的那部分东西，让我看到了另一种可能。"

后来，他们分手。

她向来不喜欢描述太多分手的细节，很少回答"为什么"。每一次的恋情她都风风火火，爱就爱了，分就分了，不拖泥带水，不纠结，不纠缠，不去论证谁对谁错。她只往前不回头，不打乱自己的生活节奏，工作、见朋友、购物、听摇滚、旅行……跟朋友约好去香港和澳门玩，她还是一贯的调侃态度："我空有信用卡额度却不能刷哈哈哈……"

很多人佩服她潇洒，其实她也有工作烦恼，同事纠纷。只是她不会让生活里这些恼人的因素影响自己太久，她安心完成自己的工作，若无其事地发自拍，写着只有自己才懂的文字。她说："我只有再努力一点，才能让自己不随波逐流。"

后来，她计划着辞职，找到了新工作。不过在她辞职的前一个晚上，她依然在为前东家熬夜加班，明明可以直接撒手不管的，她没有。她说："工作毕竟是自己的啊。"一次次的满血复活，再晦涩的生活也要过出不一样的乐趣。毕竟，生活是自己的啊，怎能放任它无聊下去？

二十岁出头的年纪，大多数人都在不断地试错，换城市、换工作、换恋人、换所有自己能换的……拥有年轻的容貌，敢于尝试的勇气，满满的热情，充沛的精力，取之不竭的活力以及对未来无限的期待和好奇。同时，经济上的窘境，现实里的挫败，很多很多的无能为力，也在所难免。

未来会达成所愿吗？她把一切交付给年轻的岁月。

每次想起她，我就会想起梁静茹的《她》：

她一个人
她有很多个梦
她迷上旅行
用风景盖住痛
她离开了朋友
把自己放逐
用没有人认识的名字孤独
游荡旅途中
她两手空空
但心事太沉重
城市里华灯初上敌不过夜色浓浓
喝尽杯中酒
她泪眼蒙眬
但理智仍清醒
抬头看满天星却挂念

某一道彩虹
她一个人
在飘荡中沉默
她终于看懂
已远离的软弱
她经过很多路
为自己追逐
在没人记得的角落里停驻
生命太匆匆
她两手空空
但心事太沉重
怕只怕昨日种种
惊扰了夜色浓浓
她终会擦干
那泪眼蒙眬
在日出里感动
流浪过多少夜只为了
那一道彩虹
她在终点
写一张明信片
寄出这刻等待被拆封的瞬间

美人的很多种活法

我觉得我听过的关于女人最好也最美的比喻是：女人是水做的。水，清澈、透亮，顺应万物之形状，最柔韧也最有力量，看似无形胜有形。水的特性就是女人天生的性情吗？

小时候，最初对女人的印象来源于自己的小世界里可接触到的那些女性。那时，对大多数可称之为"女人"的人，实在没有好感。觉得她们莫名其妙的总是怒气冲冲，身上有一种我当时的年纪读不懂的"怨气"。长大后回想起来，该是源于她们时常聚在一起家长里短，互相抱怨。她们对丈夫不满，对孩子不满，对自己也不满。她们嘴里的丈夫，有的挣得少，有的不顾家，有的生活邋遢，有的嗜酒或嗜赌……末了，还加一句："男人没一个好东西。"她们互相较量着彼此孩子的学习成绩，多一分少一分，进步了或退步了，都可以成为自己炫耀或生气的理由。她们把空闲时间花在"七嘴八舌"上，却疏于打理自己，于是又抱怨皮肤的松弛、皱纹的出现、赘肉的滋生、岁月的不饶人。

这样的女人，你说美吗？我不敢说，打小我就害怕这样的女人。

后来，在成长的过程中，我陆续遇到一些女人。与她们或匆匆一面，或短暂接触，抑或长久相处，都让我赞叹不已，暗暗对自己说：

"我就要成为这样的女人!"

女人的美有一万种可能。

慧子是我的高中美术老师,第一眼见到她,就知道她是个搞艺术的。她的身上有我心里最初最为羡慕的那种文艺气质,我有很深的"长裙情结"就是因为她。

那时她二十岁出头,身材高挑,浓眉大眼,五官立体,肤色偏黑,一头浓密乌黑的长发。高中的第一节美术课,她走进教室的那一刻就吸引了我。清楚地记得,拥有一米七二傲人身高的慧子,当时穿一件修身印花白T恤,搭配一条绿色粗布长裙,裙子上绣着大朵大朵的荷花,踩着一双平底绣花布鞋,戴的是民族风的大吊坠耳环。我坐在教室的第一排,目不转睛地盯着她看,特别积极地回答问题,只为了多与她说话。

自此之后,我爱上了上美术课,喜欢课余听同学说起那些与慧子老师有关的消息,更迷上了观察她每一天的不同装扮。她会套一件朋克风的宽松外套,配紧身牛仔裤,再穿上一双酷酷的马丁靴;或者穿一袭简单的白色及地长裙,仙气十足;她还会穿墨绿色的丝袜,配上极具设计感的平底鞋……要知道,多年前,在我的家乡小城,尤其是身为老师,敢像她这样穿得那么独特、抢眼的人,真的很少。好像她就有一种魔力,能把任何别人眼中奇怪的装束搭配得有模有样,穿得恰到好处。从她的身上,我懂得了什么是风格和气质。

在我的眼中,慧子是美丽的、神秘的。后来我得知,慧子是我们本省的一所重点师范大学美术学专业的研究生,她来给我们当美术老师,纯粹是自愿支教,因为她对沈从文笔下的大湘西好奇,所以来到我们学校,支教一年,一边教书一边在这里看人赏景寻找创作灵感,安心画画。慧子为自己画了一幅油画自画像，她将自画像设成电脑桌面。学校为她分了一间小屋子，她将那间屋子的墙壁重新粉刷，在墙上贴满了自己喜欢的画，把桌子椅子和床铺重新摆设，自己动手制作了一些可爱的物件摆满她的小天地，给那间沉闷的、破旧的小屋换上新装。她欣喜地为自己生活中的一切进行再创造，她的一切都是美的。她说，我们的校园在她眼中也是美丽的画卷，依山傍水，自然灵动，她用眼睛观察、用心体会、用画笔记录。

一年后，慧子离开我们学校，也完成了她硕士研究生的毕业作品，然后远赴德国留学。我还能看到她偶尔更新的照片，看到她于深秋时在阿尔卑斯山脚下驻足，在波登湖畔发呆，在"新天鹅堡"前漫步，在浪漫的花海中灿烂大笑……她还在德国举办了她的个人画展。

她一直在行走，一直在观察，一直在感受，一直在思考，也一直在坚持用画笔描绘她心里的世界。她热爱美，发现美，创造美，更坚持美。

这样的女人，怎一个美字了得？

源源是我情投意合的姐妹，重要的是：她是个不折不扣的美女，从外美到内，天生的美人胚子。看着她，会忍不住感叹上天真眷顾她！饱满的鹅蛋脸，白皙细嫩的皮肤，灵动妩媚的眼睛，高挺的鼻子，精致的小嘴。她有着很多女人都羡慕的身材：丰乳肥臀，瘦胳膊细腿。她五官美，身材棒！要命的是，还颇有女人味儿，并且小有才情，她写的文字感性又有趣。每一次见她我都想："她怎么连每一根眉毛都长得那么好看。"

长得好是上天给的，穿衣之道、气质才学，却是后天炼成的。源源爱美已到近乎痴狂的地步。与朋友出去吃饭，走在大街小巷也不忘迅速发掘美衣小店，去到任何一座城市肯定少不了逛街，从清晨逛到天黑不停歇都没有问题。但她绝不是乱买，哪件衣服搭配哪条裤子，哪条裙子搭配哪双鞋子，哪件外套配上哪件打底衫，她心里门儿清。去怎样的场合穿什么样的衣服，去干不同的事要有怎样的装束，鞋子包包与服装的不同搭配，她通通有数。她有心地研究护肤，从饮食方面的讲究，到护肤品的使用，到不同妆容的细节处理，她头头是道。

了解源源，你一定会相信那句话："美女都是狠角色。"因为要时时刻刻维持外表的美丽其实并非易事。

不过，千万不要以为她是一个只钟爱"买买买"的花瓶。她有自己喜欢的事，她喜欢闪光灯，喜欢说话，喜欢好听的声音。她曾任当地生活频道的主持人，哪怕只是一档纯广告形式的购物节目，她都会充分准备，了解产品、做足功课、自己写稿、熟练背词、恰当表达，她专心做好每一个环节。后来，她从电视转到广播，变成了只闻其声不见其人的电台主播，她热情不减，她说这是回归了自己的初衷。她负责几档栏目的策划、选题、主持，再到经营线下活动。工作日一天忙下来，她常常很晚回家，夜里一点后才入睡。

工作之余，她还与一位朋友合作开了一家坚持自己理念的高端女装店，假期自己跑去外地物色款式、进货，她追求精致品质，立志要做普通人的"挑款师"。她的小店在当地小有名气，很多爱美之人慕名而去。她说："真的好忙好累，甚至觉得身体吃不消，觉得该停下来，但在寻找合适的契机。"

这两年，她结了婚，有了家庭，有了牵绊，她辞去了电台的工作，又有了新的计划。她对我说："辞职并不是真的就停下来了，而是觉得自己做这件事已经尽力了，有点把自己掏空的感觉。接下来想要多点时间读书充电提升自己，毕竟，我要多为自己的家庭操操心，把更多一点的时间留给家人。"说这些话的时候,我觉得她特别暖。

美女总能引起更多人的关注,同样,也少不了各种是是非非。曾经,关于她的传言很多很多,好的坏的,尤其是感情上的波波折折。她也苦恼过,纠结过,痛苦过,不过她最让人佩服的地方就是低谷后的满血复活,她才没有别人想象中柔弱。

有人羡慕她的美貌,有人欣赏她的气度,有人怀疑她的真心,有人质疑她的人品,但了解她的人,会爱她的貌,更爱她的心。她对长辈孝顺,对丈夫体贴,对朋友仗义,对陌生人友好。她会如对待自己母亲一般对待婆婆,她会心心念念操心丈夫的身体健康,她会在朋友需要时出手相助,她会给上门取件的快递小哥赠予心爱的茶叶……

她终于不再理会所有的流言蜚语,她也平静收藏了自己所有的过去。她曾经深爱过,也受伤过,但更重要的是:她现在正爱着,与爱的人携手走着,很幸福。

我常说她是我见过的最有风韵的女人,有骨有肉,有才有貌。

这样的女人,怎能不惹人怜爱呢?

铃铛是我的同事,是一个胖姑娘。为什么一定要强调她的胖呢?因为现在口口声声宣称自己要减肥的姑娘已经越来越多了,不管是不是真的胖,好像你不提减肥,都不好意思说自己是女性。女人为了看起来更美一点,可是操碎了心。从过去的节食减肥法、排毒减肥法、鸡蛋减肥法、黄瓜减肥法,到近几年流行的断食减肥法,都让想要拥有苗条身材的女人们百试不爽。尤其这两年,又开始流行健身,瘦女人也按捺不住了,纷纷扬言要练出马甲线、要翘臀……也许是女人对自己的要求越来越高了,也许是这个世界对女人的期望值越来越大了,总之,网络上成千上万的心灵鸡汤、励志美文都在说:"你要做最美的自己！你要读书旅行健身！连自己的体重都控制不住你怎么能掌控自己的人生？体重三位数的女人没有未来！"

起初，我也将这些励志语录、鸡汤段子奉为人生信条，要像打了鸡血一般去生活，好像如果不变瘦、不变美，人生就一定会一片黑暗没有未来。于是我也加入到了健身大军，坚持夜跑或晨跑，如果哪天偷懒了恨不得给自己两巴掌，如果电子秤上的数字又高了一点点就会瞬间陷入无止境的自责中。

而我身边的这位胖姑娘铃铛，她却比无数"瘦子"都要幸福。铃铛长着一张标准娃娃脸，"80后"的她依然保持着"童颜"，可爱、古灵精怪、乐天派都是大家给她的标签。铃铛有多胖呢？具体数字我没问过，但你只要想象一下，她每一次坐着不动的时候，同事们都会开玩笑说"好像坐着一尊佛"。我能确定的就是，她是我目前见过的最胖的女孩。但我更能确定的是，她也是我见过的活得最简单、最快乐的人。

都说相由心生，铃铛的脸就像个孩童，天真、无邪、可爱，水灵的大眼睛异常干净，对这个世界一点不设防。我常说："铃铛的坦然，已经达到了一种境界。"她从来不嚷嚷减肥，因为"胖"根本不足以困扰她。也许她从来没穿过那些专为瘦人量身打造的漂亮衣服，但她也有满满一个衣柜心爱的美衣，每一件衣服、每一条裤子、裙子都拥有明显的"铃铛式"风格。她从来不会坚守"穿黑显瘦"的原则，她只在意"这是不是我自己喜欢的？穿着是否合身舒适？这款式有没有亮点？设计是否独到？"她不会想着如何穿让自己看起来瘦一点，或者用什么办法遮住自己身材的不足。她就根据自己的喜好来选择，她的眼光很好，总能找到最适合自己的款式，捕捉到最新潮的搭配。她注重细节，什么色系的服装戴哪一款手表，什么款式的服装搭哪一条链子,甚至哪个包包如何背会更好看,哪双鞋子平时该如何打理,她都了然于心。

谁说,一定要瘦才美?谁说,这个世界一切好看的东西都是为瘦人准备的?胖姑娘铃铛的衣柜里每个色系的服装都不缺,她的鞋柜整齐摆放着她精心寻觅到的每一双漂亮鞋子,她的包包款式众多,功能各样,她的首饰盒无比精美……她还收集香水、口红,收集一切她爱的东西。她不化妆,但是皮肤出奇的白皙透亮;她不瘦,但是她穿衣有型,心里自信。

她活得精致,过得富足。她能吃能睡能玩,她有甜蜜的爱情疼她的男友,她有太多喜欢她的朋友。"胖"于她而言,压根儿就不是事儿。她常常自豪地说:"我有童颜就好啦!胖一点没关系啦!"

岂止"胖"她觉得没关系,太多事在她这里都是浮云。

工作上事再多,她也不紧不慢地处理,一点不着急;生活中碰上任何麻烦,她也懒得纠结,这一分钟遇上的,下一分钟她就放一边不想了。可能这样的好心态造就了她总是有好运,帮助她一次次化难为易,化险为夷。她走到哪儿都不树敌,确切地说,是她根本就没有讨厌别人的心思。三个女人一台戏,聚在一起免不了对谁谁评头论足,可当我们议论完后把目光一致对准铃铛的时候,她却闪动她那双大眼睛,无辜地看着我们说:"为什么要讨厌她啊,我觉得我没什么讨厌的人啊。"我不罢休,不可思议地问她:"铃铛,难道你从小到大就没有遇到过特别让你讨厌的人吗?你就没有对谁特别生气的时候吗?"她确定地说:"没有,可能有过,但我也忘了。"

这就是铃铛,心里不记事,不藏事,俗称"心大"。她有好多经典语录,比如:"生气也没有用啊,那我就不计较了。""自己挣来的钱就买喜欢的东西吧!取悦自己很重要呢!""其实,我没有什么大梦想啊，喜欢吃什么，能吃得到，喜欢的东西，我能买得起，就很知足啦！"

甚至也有人口无遮拦地说她："你该减肥啦！太胖啦！"她说了句特别有哲学意味的话："我觉得我不需要减肥啊，除非减肥能让我更快乐！"

我会毫不吝啬地赞美她："你是我见过的最潮、最会打扮、最好看的胖子！"

我还会默默研究铃铛的为人处世之道：她比谁都单纯，她毫无心机没有防备，她从不刻意讨好任何人，可见过她的人都喜欢她啊！

这样可爱的女人，怎能不讨人喜欢呢？

无论是潇洒自由的慧子，还是秀外慧中的源源，或是活泼单纯的铃铛，都是我心中的美人，她们不同于任何一张"网红脸"，她们也不是网络上标准的"励志典范"，她们就是自己。她们让我明白，"美"从来就不是标准答案。

而真正过得好不好，也不取决于你是否能成为别人眼中的美女。至少，你要接纳完整的自己。我们常说"爱自己"，怎样才算爱自己？从不苛求自己成为别人开始吧！

生而为女，何其有幸，不妨，痛痛快快来这世上美美地走一遭！